W0252844

LITRA DUKT

JAMES NOËL

Was für ein Wunder

Roman

Übertragung aus dem Französischen
und Vorwort von Rike Bolte

LITRADUKT

Bibliographische Information der Deutschen Bibliothek:
Die Deutsche Nationalbibliothek verzeichnet diese Publikation
in der Deutschen Nationalbibliographie; detaillierte bibliographische
Daten sind im Internet unter *http://dnb.ddb.de* abrufbar.

2020
Litradukt, Literatureditionen Manuela Zeilinger-Trier,
www.litradukt.de

Das französische Original erschien 2017 unter dem Titel
»Belle merveille«,
© Editions Zulma, Paris 2017

© der deutschsprachigen Ausgabe
Litradukt, Literatureditionen Manuela Zeilinger-Trier,
Trier 2020, *www.litradukt.de*
Übertragung ins Deutsche und Vorwort von Rike Bolte
Lektorat: Peter Trier
Umschlaggestaltung und Satz: Berliner Süden
Umschlagabbildung: Ian Parker, Quelle: Unsplash
Herstellung: CPI Clausen und Bosse, Leck
Printed in Germany

ISBN: 978-3-940435-32-3

VON BEBENDEN WUNDERDINGEN ODER: WAS IST EINE KATASTROPHE?

VORWORT

Was ist eine Katastrophe?

Wird diese Frage literarisch gestellt, gelangt man schnell in den Bereich des Dramas, einer Gattung, aus der sich maßgeblich der literarische Katastrophenbegriff ableitet. Andererseits gibt es die moderne Katastrophenforschung. Diese unterscheidet zwischen sozialen und Naturkatastrophen und liefert auch den Schlüssel für das Verständnis dessen, was als »humanitäre Katastrophe« bezeichnet wird.

Das Erdbeben, das Haiti im Januar 2010 getroffen hat, war eine solche humanitäre Katastrophe. Die verheerenden Folgen der Naturkatastrophe sind in dem karibischen Inselstaat bis heute spürbar. Nicht nur machte das Beben die ohnehin prekäre Situation des Landes evident; hinzu kam politische Unzulänglichkeit, die Haiti den Titel »Republic of NGO's« einbrachte. Zur Flut von Bildern der Katastrophe kam ein Chor von Kommentaren, die sich zur Lage des geschundenen Landes äußerten; in ihn fielen auch Schriftsteller und Schriftstellerinnen ein. So stufte zum Beispiel der aus der Dominikanischen Republik stammende Autor Junot Díaz Haitis Situation als apokalyptisch ein.

Wie kommt es dann, dass der vorliegende Text, den der 1978 in Haiti geborene James Noël über die Katastrophe verfasst hat, den Titel *Was für ein Wunder* – auf Französisch *Belle merveille* – trägt? Wieso lässt es der vielfach international ausgezeichnete Lyriker und Erzähler nicht dabei bewenden, seinen Erdbebenroman erst im Jahr 2017 vorzulegen? Während Dany Laferrière mit *Tout bouge autour de moi* stante pede, das heißt noch 2010, reagierte?

Wie immer geht James Noël trickreich vor. Einerseits lässt er die ›Verspätung‹ im Roman selbst vom Protagonisten kommentieren: »Böse Zungen behaupteten, ich hätte meinen Kalender verschludert, die Jungs meinten, ich hätte die Orientierung verloren. Sieben Jahre schon! […] Verdammte sieben Jahre!« Andererseits stilisiert er die Zeitspanne, die er verstreichen ließ, um seine Version des Erdbebens und seiner Folgen zu publizieren: sieben Jahre.

In der Zahlenmystik besitzt die Sieben eine kulturübergreifend herausragende Stellung; Himmelskunde und Kalenderchronologie (die in der oben zitierten Passage nicht von ungefähr als verbaselt bezeichnet wird) gründen auf dem System der Sieben; im muslimischen, buddhistischen und jüdisch-christlichen Glauben kodiert die Zahl fundamentale Vorstellungs- und Anleitungsmodelle; Fülle und Vollkommenheit, doch auch Fluch und Strafe werden mit der Zahl belegt; topographische Ansichten – der siebte Himmel, die sieben Stufen, die sieben Hügel – sind entsprechend beziffert; sieben sind die fetten und mageren Jahre. Und auch in anderen Glaubenssystemen besitzt die Zahl große Bedeutung. James Noël bezieht sich nicht nur auf viele dieser Codierungen, er lässt eben auch sieben Jahre verstreichen, um einen Erdbebenroman mit dem Schlüsselwort *belle merveille* überschreiben zu können. Es ist vielleicht die Zeit, die es verflixt nochmal braucht, um Schlüssel für das Verständnis eines hochkomplexen Szenarios zu finden, eines Szenarios, in dem lokales Unvermögen und internationale Interessen (und Inkompetenzen) aufeinandertrafen und auch die Last historischer Erfahrungen deutlich wurde. Der Umgang mit dem durch das Naturunglück ausgelösten Desaster in Haiti war (und ist) abhängig von kulturellen Deutungsmustern, Glaubenswissen und pragmatischen Handlungsweisen. Um in einem Unglück etwas Wunderbares zu lesen und diese Deutung zudem zu literarisieren, also öffentlich zu machen, braucht es indes eine besondere Form von Waghalsigkeit. Eine wunderbare Waghalsigkeit.

Genau hierum geht es in *Was für ein Wunder*. Und dazu gehört eine grundlegende Begriffsklärung. So umkreist der Roman selbst den Terminus *belle merveille*: Es handelt sich um einen Wunderbegriff, der in Haiti im Moment unerwarteter Ereignisse benutzt wird, seien diese erschreckender oder erfreulicher Art. Diese Auffassung überschneidet sich durchaus mit der allgemeineren Definition vom Wunder als einem Raum- und Zeit-Ereignis, das

Naturgesetzen zu widersprechen scheint und womöglich sogar Regellosigkeit oder Chaos mit sich bringt.

Und hier setzt *Was für ein Wunder* an, unterscheidet sich indes von Pressemeldungen aus dem Jahre 2010, die während des »Aufmerksamkeitstsunamis« im Januar 2010 mit sensationellem Bildmaterial unterlegt formulierten, es grenze an ein Wunder, dass noch mehrere Tage nach dem Erdbeben Opfer lebendig geborgen worden seien. Die gleichen Meldungen stellten die Hilfseinsätze der Vereinten Nationen heraus – auch diese werden in *Was für ein Wunder* in ganz anderem Licht erscheinen.

Die poetische Lizenz dafür, das Erdbeben von 2010 als ein wie oben definiertes Wunder zu begreifen, liefert das ›populärsprachliche Katastrophenmanagement‹, das Noël in *Was für ein Wunder* gewissermaßen zitiert. Dass der Roman die Register der *oralittérature* nutzt, bedeutet, dass darin starke Anklänge poetischer Sprechsprache, doch ebenso alltagsprachliche Redeweisen und volkstümliche Denkweisen zu finden sind. Diskurse über Wunderdinge verquicken sich mit Aspekten aus den sensationalistischen Reden der medialen Gesellschaft: »Eine Brücke stürzt auf die Route Neuf. Was für ein Wunder nochmal! Ein Feuer in einem Hotel in Pétion-Ville. Ein in Flammen aufgegangenes Paar, nackt, bei lebendigem Leibe verbrannt. Was für ein Wunder!«

Entlang dieses auf den ersten Blick irritierenden Wunderberichts erzählt James Noël allerdings auch die Geschichte einer flippigen Liebe zwischen Haiti und Italien, genauer gesagt Port-au-Prince und Rom. Damit ist der Roman eine ›die Liebe-ist-ein-Wunder-und-erst-recht-angesichts-des-Todes‹-Reportage. In diesem – durchaus topischen – Rahmen vollzieht der Text jedoch eine literaturgeschichtliche Rückführung, weil er an das Nachsinnen über Wunderhaftes anknüpft, das die Debatte um das Erdbeben von Lissabon im Jahr 1755 und die Kontingenz-Debatte geprägt sowie beeindruckend »viel Tinte« hat »fließen lassen«, wie in *Was für ein Wunder* selbst angemerkt wird. Tatsächlich hat das Beben von Lissabon, das unter der europäischen Literaturelite unter anderem Voltaire beschäftigte, grundlegende Visionen und Registrierungsmodelle der Moderne auf den Weg und diese haben wiederum alte (Bedeutungs-)Vorstellungen buchstäblich ins Wanken gebracht.

Was für ein Wunder ist nun aber einer Poetik der Kontingenz des 21. Jahrhundert verschrieben. Ganz explizit wird auf Modelle der Chaosforschung eingegangen, etwa den Schmetterlingseffekt. Das Phänomen manifestiert sich dort, wo nicht vorhersehbar ist, wie minimale Schwankungen in den Anfangsbedingungen eines Systems sich langfristig auf die Entwicklung desselben auswirken werden. Der *butterfly effect* hat Literatur und Kino beeinflusst, exemplarisch für einen der großen Globalisierungsfilme der ersten Dekade des 21. Jahrhunderts, der das Phänomen adaptiert, ist *Babel* von Alejandro G. Iñárritu aus dem Jahr 2006. Hier wird ein recht beliebiger Unfall zum Epizentrum einer über Landesgrenzen führenden Verkettung von Ereignissen. Im Zusammenhang der Terrorismushysterie nach *nine eleven* erhält der Unfall eine unangemessen große mediale Resonanz, in der letztlich biblische Themen wie die Frage nach Hochmut, daraus folgender Strafe und Zerstreuung aufscheinen.

James Noël belegt in seinem Bericht das Erdbeben in Haiti und den respektiven Gedanken zu Verkettungsdynamiken (»ein bloßer Schmetterlingsflügelschlag ist in der Lage, ein Erdbeben in Chile auszulösen. Das Problem der Welt betrifft alle Welt«) ebenso wie das Attentat auf die Zwillingtürme in New York mit dem Begriff des Wunders und beteiligt sich damit synoptisch an jenen Ansichten, die den Terrorangriff spektakularisiert haben. Die Bemerkung (»Zwei Flugzeuge machen sich wie zwei Mücken davon. Sie knallen in einen New Yorker Wolkenkratzer. Sechstausend Tote. Was für ein Wunder!«) haitianisiert aber das hegemoniale Terrorunglück, und zwar im Zuge der bereits anzitierten Auflistung lokaler *belles merveilles*. Der komplette Wunderbericht, der dabei herauskommt, enthält Passagen, die an Paradoxographien erinnern. Allerdings erhalten alle Ereignisse, die *Was für ein Wunder* auflistet, das Prädikat *belle merveille*.

Der vorliegende Roman ist somit unter anderem ein Essay über die Medialisierung von Unglücksfällen. Sogar auf einer Metaebene wird darüber reflektiert, wie Katastrophe erschrieben werden könne; die Auskunft über die medialen Ungeheuerlichkeiten, die das Beben von 2010 begleitet und sich als Ausdruck einer Reihe nationaler und internationaler Ungeheuerlichkeiten politischer Natur erwiesen haben, lässt die literarische Schreibnotwendigkeit umso dringlicher erscheinen.

Doch der Clou an *Was für ein Wunder* ist, dass Noëls Protagonist, selbst Opfer des Unglücks, während desselben zum Liebenden wird und letztlich nach Formen sucht, beide Ereignisse, den Einbruch der Liebe und das ›Einreißen‹ seines Landes*, in gleichermaßen treffende Worte zu fassen. Die Hauptfigur, Bernard, ist also ein Dichter, der die poetische Lizenz, in der Katastrophe nach Wundern zu suchen, automatisch mitbringt (und darüber hinaus noch andere Lizenzen, etwa die, auto(r)fiktional zu argumentieren, an erste frustrierende Schreiberfahrungen zu erinnern etc.). Bernard ist aber auch *Bernard l'Hermite*, ein eremitisch-erratischer Schelm des 21. Jahrhunderts, ein ›Einsiedlerkrebs‹, der sich gerne in Google Earth aufhält und im Street Viewing fischen geht – bis er schließlich vom Erdbeben (und der Liebe) und dem Schreibdrang heimgesucht wird.

Noël belässt es aber nicht bei der Verquickung von Liebes- und erschreckenden Wunderdingen sowie der Bestandsaufnahme von pikanten bis horrenden Vorkommnissen im Haiti des Jahres 2010, sondern flicht auch Anekdoten aus der Geschichte des Inselstaates ein. Bis zum Beginn der Globalisierung schaut der Text zurück, dergestalt, dass Christoph Kolumbus »nach einer ganzen Reihe schöner Bescherungen« als »erste[r] Besucher der Insel« auftritt und vor seinen Männern angesichts der Schönheit der Insel ganz entfesselt »Was für ein Wunder« schreit. Die Fakten und Fiktionen rund um die moderne Geschichte Haitis – Revolution und Duvalier-Diktatur, nachfolgende Putsche usf. – werden außerdem aufgenommen. Vieles von dieser Information ist verschlüsselt, so dass die Arbeit mit Fußnoten, die die Lektüre ein wenig unterstützen mögen, angebracht schien.

* »Wie aus Liebe sterben / zu einem Land / das aus bissigen Rissen erdichtet ist«, heißt es in James Noëls Gedicht *Tote Zeit* (*Temps mort*), erschienen u.a. in dem zweisprachigen Auswahlband *Die größte der Raubkatzen/Le plus grand des félins* (2018).

Liest man *Was für ein Wunder*, drängt sich die Frage auf, ob es sich überhaupt um einen Roman handelt. Denn über den bereits genannten essayistischen Aspekten rangiert noch ein poetischer Ton, der die Überlegung zulässt, ob Noël nicht eigentlich ein langes Gedicht verfasst hat.

Zum Beispiel beginnt *Was für ein Wunder* keineswegs in medias res, sondern allegorisiert die Katastrophe in einer Ouvertüre in ein schwindelerregendes Ereignis, das sowohl im Bild eines Schmetterlings als auch über den Sound des Schmetterlingsflügelschlags den *butterfly effect* vor- und Überlegungen zu faktischen und fiktiven Ursprüngen von Katastrophen anführt. Der Text eröffnet flatternd, ja schwebend, gleichsam aber bebend; dieses Formprinzip wird bis zum Ende durchgehalten. Wie Dichtung – oder wie ein Erdbeben – geht Noëls Schreiben synkopisch und elliptisch vor; der Text löst Sprünge aus, schlägt zu, lässt aus. Auf die Sorge, mit welcher Sprache auf eine Katastrophe zu antworten sei, wird demnach geschickt mit Strategien des lyrischen, kontra-narrativen Schreibens gekontert. Kann denn nach einem Erdbeben überhaupt stringent erzählt werden?

Eben nicht. Es finden sich aber Worte, die quasi erneuernd wirken. Nicht von ungefähr bezieht sich *Was für ein Wunder* neben vielen anderen, oftmals karibischen literarischen Vorbildern* auf den Modernisierer der europäischen Lyrik Arthur Rimbaud. Dessen postromantisches Konzept der Entregelung der Sinne und der Sprache stand im Dienst einer wegweisenden Wirklichkeitssicht, die nicht nur auf das Poetische gemünzt war. Noël wählt neben dem poetischen Weg für die Darlegung der Ereignisse, die seinem Protagonisten widerfahren, eine außerdem politisch vorfühlende Optik. Die hypermoderne Humoreske, die daraus resultiert, wirkt beinahe seismographisch, weil sie,

* Siehe hierzu etwa den Verweis auf Aimé Césaires *Cahier d'un retour au pays natal* (1939), zu dem im Deutschen zwei Übersetzungen vorliegen (*Zurück ins Land der Geburt* von Janheinz Jahn und *Notizen von einer Rückkehr in die Heimat* von Klaus Laabs). Die Übersetzung der Paraphrasierung, die Noël vornimmt, fusioniert Anteile aus beiden Titelfassungen. Ein weiteres Werk ist Jacques Stephen Alexis' Roman *Compère Général Soleil* (dt. *General Sonne*) von 1955.

wenngleich sardonisch, sensibel die gesellschaftlichen Aspekte einer Naturkatastrophe im 21. Jahrhundert aufzeichnet. An Rimbauds Lyrik gemahnt etwa die Szene, in der der in Pont-Rouge ermordete Kaiser Haitis »rote Löcher« an beiden Körperseiten aufweist; das letzte Terzett des berühmten Sonetts *Le dormeur du val* (dt. *Der Schläfer im Tal*) von Rimbaud aus dem Jahr 1870 zeigt einen im Grün liegenden Soldaten, der erst in der letzten Zeile, nach mehreren Strophen fast filmischen Streifzugs durch eine scheinbar idyllische Naturszenerie, als tot (und eben nicht als schlafend) erkennbar wird, weil der Text plötzlich auf »rote Löcher« an einer Körperseite desselben hinweist.

Ist *Was für ein Wunder* wie andere Erdbebenromane aus Haiti, etwa Kettly Mars' Roman *Aux frontières de la soif* (dt. *Vor dem Verdursten*) von 2013, ein riskanter – und im selben Zug allzu undramatischer – Text, wo er Katastrophe nicht nur im Verweis auf den Topos der Nächstenliebe und der Empathie verhandelt, sondern auch mit Lust und Verlangen zusammenbringt? Und muss die Frau, die den Protagonisten errettet, wirklich Amore heißen und aus Rom kommen, so schön diese quasi-Anagrammierung auch klingt? Ist das nicht ein wenig viel Dekor in einem Roman, der beben soll?

Studien zur Erdebenliteratur ebenso wie die Katastrophenforschung haben gezeigt, dass Parallelwelten und Mikrokosmen in postkatastrophalen Situationen häufig sind. In diesem Zusammenhang nimmt das Begehren, wie auch Mars' Roman zeigt, eine ganz besondere Gestalt an. Während bei Mars das auch in *Was für ein Wunder* erwähnte Sammellager Canaan eine Schlüsselrolle (und zwar zuerst sogar als Ort perversen Verlangens) spielt, irrt Noëls Bernard weiter in dem Versuch umher, Tücken und Laster des in Haiti eingefallenen internationalen Hilfskomplotts zu benennen, ohne die Liebesdinge links liegen lassen zu müssen. Für seine im »Hügelland« gemachten Katastrophennotizen bietet ihm die sexuelle Begegnung die nötige kathartische Kraft. Gleichzeitig ist Bernards ebenso labyrinthische wie spitzfindige Rede eingewoben in ein Gewirr aus Stimmen anderer Figuren, die jeweils von ihrer persönlichen Katastrophe erzählen. Im Rahmen einer psychologischen Sitzung kommen Figuren namens Sacha und

Paloma sowie »der Blinde«, »der Atheist«, »der Evangelist« und »der Guerillero« zu Wort. Lakonische, zynische, pragmatische und metaphorische Worte für die traumatischen Erlebnisse fallen. *Was für ein Wunder* kapriziert sich also nicht auf einen Monolog; es ist ein chorales Werk.

Entlang dieser drastischen Gegenüberstellungen von Sicht- und Redeweisen nimmt die Liebesgeschichte zwischen Bernard und Amore ihren Fortgang bis nach Europa. Bernard bleibt aber der notorischen Desorientierung treu, allein deswegen, um die raumzeitlichen Inkohärenzen des Textes zu legitimieren, die wiederum stellvertretend für den »Schiffbruch« eines Landes und die vereinte Lage der globalisierten Welt und ihr korruptes Hilfsnetz sind (das nur Pest und – im wahrsten Sinne des Wortes – Cholera bringt). Dieser Blick auf welt- wie nationalökonomische Fakten verdichtet sich zu einer Rhapsodie aus Metaphern, in dem das große Konzert der Nationen plötzlich als »Spaghettigericht« der Nationen serviert wird.

Was für ein Wunder hat Groove, manche der kurzen Passagen sind mit musikalischen Noten überschrieben. Sie betiteln die Skalen der Stimmung Bernards, seine Bewegtheit und seine Bewegung zwischen Italien und Haiti, auf Flughäfen, in der Luft – hier zitiert der Text aus Antoine de Saint-Exupérys *Nachtflug (Vol de nuit)* –, im Siebten Himmel. Bis der *Travelogue* (dessen musikalischer Subtext ein Echo auf die Noten-Punktierung in Jacques Stephen Alexis' hymnischen Schiffbruchroman *L'Etoile Absinthe* zu sein scheint) die Liebe auf die Probe stellt, parallel dazu aber eruiert wird, ob nach dem Beben der Erde nicht auch noch andere Elemente erschüttert werden könnten. Ein prophetischer Freund Amores weiß dazu Auskunft.

Die Übersetzung von *Belle merveille* ins Deutsche war eine Herausforderung. Es galt nicht nur den versteckten Hinweisen auf kulturelle, insbesondere voodooistische und intertextuelle Referenzen nachzugehen, sondern auch Wortspiele aufzuspüren, die nicht immer ins Deutsche übertragen werden konnten. Angeführt sei das Bild von »zerquetschten Hunden« (*chiens écrasés*), das auch auf die Bedeutung des *chien écrasé*, der Zeitungsmeldung über einen unbedeutenden Vorfall verweist. Oder politisch gefärbte Bilder, in denen gewaltsame Racheaktionen gegen Mitglieder und Nutznießer der Duvalier-Diktatur und anderer Regime angesprochen sind. In der Übersetzung ging Nebensinn mehrfach unvermeidlich verloren. Die musikalischen Überschriften bzw. Inschriften von *Was für ein Wunder* sind im Französischen in manchen Fällen gleich mehrfach verschlüsselt, etwa bei dem *Sol la do ré...*, das in den ersten Zeilen des Kapitels mit dem ebenso zweideutigen Originaltitel *Suspends ton vol* (*vol* als Flug *und* Raub; im Deutschen wurde hieraus *Raubvogel*) auftaucht und im Französischen, anders als im Deutschen, in dem die entsprechenden Noten G, A, C und D genannt werden, zudem in der Huldigungsformel *sol adoré* (angebetete Erde) aufgehen kann. Hier musste kompensatorisch paraphrasiert werden.

Auch das onomatopoetische Incipit des Originals, *pap pap pap*, das den *papillon* antizipiert, ist polyvalent; es bildet die Sigle PAP für den internationalen Flughafen *Port-au-Prince* ab und führt weiterhin zu Papa Loko, Geistwesen des Voodoo, das sich in Wind zu verwandeln versteht, in *Was für ein Wunder* wiederum im verirrten Schmetterling Gestalt annimmt und von Bernard als inkompetent dargestellt wird, weil es seiner Aufgabe, hellsichtig zu sein und als Schutzgeist (gegen die Katastrophe) zu agieren, nicht nachgekommen ist. Im Deutschen wird das *pap pap pap* zu einem »Schmetter... Schmetter... Schmetter...«, kann aber keine Brücke zur Flughafen-Sigle herstellen. Auch Bernards Namensverwandtschaft mit jener Krebsart, die sich in fremden Behausungen einnistet, *Bernard l'hermite*, war nicht ins Deutsche hinüberzuretten. Die Liste der schwierigen Übersetzungsmomente ließe sich fortführen; genannt sei noch ein *doigt donneur*, »Spenderfinger«, in dem der *doigt d'honneur*, der »Stinkefinger«, anklingt.

Dass an mehreren Stellen des Textes die deutsche Version nicht mit dem Original kongruent sein kann, erscheint jedoch deswegen nicht tragisch, weil James Noëls Text insgesamt so reichhaltig und trickreich – und insgesamt dicht – ist, dass es hinnehmbar ist, wenn die Lektüre im Deutschen hier und da etwas luftiger ausfällt. Sprengkraft hat der Text so oder so; allein durch den Auftritt der Elemente, die als unheilbringende Kräfte wie erotische Ressourcen wirken. Das führt soweit, dass Amore noch zur »Flammenfrau« wird.

Noëls Alchimie ist darin womöglich postfeministisch; vor allem aber ist sie postheroisch. Denn die Katastrophe in *Was für ein Wunder* bringt anstelle von Held und Heldin Beobachtungspleen, Sprachlist und Lust hervor. Und zu guter Letzt lehnt sie sich an Rimbauds »Alchimie des Wortes« und den Versuch, Schwindel zu erfassen, an; in der bodenlosen Stadt Port-au-Prince bewegen sich der »König« und »die Königin des Schwindels« wie in einem übergeschnappten Kreisel.

Wird da nicht, wie die Kritik an diesem Buch formuliert hat, zu viel durcheinandergewürfelt? Oder fragen wir lieber: Was nun ist die Katastrophe in *Was für ein Wunder*? Die Antwort wird finden, wer das Buch liest und gleichzeitig selbst noch einmal den Zeugnissen des Unglücks nachgeht. Denn Noëls Text enthält in seiner fast (posttraumatisch?) manischen Metaphernwut auch präziseste Bilder, die zum Beispiel an die erschütternden und gleichzeitig stilistisch beeindruckenden Aufnahmen erinnern, die der spanische Fotograf Luis Alcalá del Olmo von Menschen nach dem Erdbeben gemacht hat. Wer das erkennt und zudem erkennt, was ›Bildnotwendigkeit‹ auch sprachlich bedeuten kann, ist froh, dass Noël unterschiedliche Register für die Erinnerung an eine Katastrophe gewählt hat, welche dem heiklen Versuch, »das Leid anderer zu betrachten«, wie Susan Sontag es formuliert hat, mit der nötigen Tiefenschärfe und gleichzeitig Lebendigkeit beispringen.

Rike Bolte, Barranquilla, 6.1.2020

Die Übersetzung ist Odile Kennel gewidmet.

Marie, Pascal und weiteren Wundern gewidmet.

Papa Loko o se van, ou se papiyon,
wa pouse n'ale, wa pote nouvèl bay Agwe.
Papa Loko, du bist Wind und Schmetterling,
bitte treib uns an und überbring die Nachricht Agoué

Haitianisches Volkslied

Und die Mutter klappte endlich das Schulbuch zu,
ging fort, sehr stolz, sah nicht.

Arthur Rimbaud, *Der siebenjährige Dichter*
Übertragung von Paul Zech, bearbeitet von Klaus Kinski

NOTE G: GRUND

Schmetter... Schmetter... Schmetter... Schmetterling ... Keine Stadt überwindet so schnell den eigenen Schwindel und schwingt sich so schwerelos in die Luft, das schwör ich dir, so wahr ich Bernard heiße.

Schmetter... Schmetter... Schmetter... Schmetterling ... sieh bloß mal diese Geschichte, sie entwischt dir doch mit einem einzigen Flügelschlag. Ich werde sie dir trotzdem erzählen. Frei von der Leber weg, Herz auf dem Tisch. Auch wenn ich auf dem Schirm habe, dass sich alles ganz anders hätte abspielen sollen. Schließlich bist du der Schmetterling, schwebst hoch über den Bäumen. Als Schmetterling kannst du den Berg sehen, der hinter dem nächsten Berg verborgen liegt, und hinter dem Berg die anderen Berge. Papa Loko, du bist deiner Pflicht nicht nachgekommen; weder als Schutzgeist der Orte, noch als Beschützer des Geisterglaubens, noch der Augen, die den Feind bereits heranrücken sehen, wenn er sich noch auf der anderen Seite des Bergs befindet, und den Menschen ankündigen, dass gleich ein Unheil an die Giebel klopft.

Heute krieche ich ganz vorsichtig aus meinem Haus. Wie die Stadt, die versucht, die gestrichelte Spur des Lebens in den Blick zu nehmen. Ich gebe dir keineswegs die Schuld, bedränge dich keinesfalls, aber unsere Toten, unsere Gewissensknoten, die bleiben angesichts deiner Irrläufe wirklich unverziehen, du Schusselinsekt. Doch was rede ich da ...

Du hättest mit nur einem Flügelschlag herkommen und uns alles erzählen sollen, ich hätte mir meinen kurzbeinigen Stuhl geschnappt und wäre ganz Ohr gewesen. Das Schlimmste hat uns unser Bestes genommen, unsere Dichtung liegt angstbeladen unter Coriolan-Flügeln*, und die verhindern jedes Fliegen. Bloß Schwere, ja eine Bleiweste ist uns geblieben. Der Vater des Unheils

* Anspielung auf Coriolan Ardouin (1812–1835), haitianischer Dichter. Siehe auch Seite 73.

ist über uns hergefallen, hat die Stadt in eine Hauptstadt des Schmerzes verwandelt.

Schmetter... Schmeter... Schmetter... Schmetterling ... Betäubende Stille liegt über deinem Geisterleben, Sägezahnstille, Ungesagtes, eine Leerstelle in der Geschichte.

Schmetter... Schmetter... Schmetter... Schmetterling ... Die ganze Stadt weiß, dass du nichts von alledem geahnt hast. Unsere Welt ist angeschlagen, und du, Schmetterling, bist mit einem einzigen Flügelschlag auf und davon, hast dich verschanzt, dich schnurstracks in schwarze Löcher geschossen, was weiß ich wohin. Kein Mensch mehr ist dazu verdammt, sich von dieser Geschichte etwas vorgaukeln zu lassen.

[AUF DEM ROLLFELD]

Damals war ich völlig verstimmt. Ich war so dermaßen verstimmt, dass ich nicht einmal wusste, welcher Tag war, welcher Monat, welches Jahr oder welches Jahr in welchem Monat. Wo befinden wir uns? »Im Irrenhaus des Jahrhunderts. Deine Eier haben noch lange nicht alle Glocken, geschweige denn das letzte Stündlein geschlagen, du Wichser ...«, knallte mir ein Unbekannter, dem ich auf dem Rollfeld des Flughafens Toussaint-Louverture über den Weg lief, an den Kopf. Ein Unbekannter, der einen Schnauzbart trug wie einen schwarzen Urteilsspruch, wie eine schonungslose Wahrheit. Ich kenne den Mann doch gar nicht. Wieso beleidigt er mich, ich habe mich doch eben nur gefragt, wo ich eigentlich bin, beziehungsweise habe versucht, meine eigene Stimme in dem ganzen Gewirr hier ausfindig zu machen? Wo sind wir gerade?

Der Himmel über dem Flughafen Toussaint-Louverture ist von Flugzeugen zerschrammt. Seit einem Monat und ein paar Gequetschten landen hier ohne Unterlass Maschinen und fliegen wieder ab. Da die Dinger aus allen vier Ecken der Welt kommen, um Hilfe für die Millionen von der Katastrophe Heimgesuchten einzufliegen, ergibt das einen wahren Geräuschmix aus dem Klang sanft abhebender Maschinen und dem Lärm so manch notlandenden Fliegers. Ein Lautgewuchere, in das sich das Kommen und Gehen der Reisenden mischt, die von einem Ende der Welt zum nächsten eintreffen, eine sich aus der Luft lösende Lautlawine: »Das große Konzert der Nationen«.

Eins ist sicher: Ich wusste weder, welcher Tag, noch welcher Monat, noch welches Jahr in welchem Monat war. Böse Zungen behaupteten, ich hätte meinen Kalender verschludert, die Jungs meinten, ich hätte die Orientierung verloren. Sieben Jahre schon! Der Raum eines in der Erinnerung versunkenen Schmetterlingflügelschlags, der im Ohr rauschte. Verdammte sieben Jahre! Die zu Staub zerfallene Zeit, verpulvert unter dem Flügelabdruck eines im Kalender zerdrückten Viechs.

Das große Beben, der fiese Feinschmecker, das Vieh Vieh Vieh Vielfraß, der *Goudougoudou** *Gourmand*, er hat in mir wohl alles durcheinandergebracht, ich verwechsle alles, heule, obwohl es in dieser Stadt gar nicht gern gesehen ist, dass ein Mann heult. Ich heule ohne jeden Grund los, maule ohne jeden Grund. Belle ganz grundlos los, wie ein Hund. Gleichzeitig und im Gegenzug bin ich geil, bin völlig geil auf diesem Flughafen unterwegs, ohne jeden Grund. Persönlich gesehen wollte ich gar nicht weg, ich wollte diese Reise selbst gar nicht. Doch mein bestes Stück schien seit Monaten schon ganz unabhängig von mir reiselustig zu sein. Wie besessen schwingen Lust und Elend des Körpers im Chaos mit.

Entregelung aller Sinne. Die Verleumdungs- und Sturmlosbrecher bezeichnen mich als Wortwichser. Es ist immer das Gleiche, wenn man versucht, seinen eigenen Weg zu gehen. Da in meiner Nähe nie eine Frau zu sichten ist, bezeichnet man mich als Wortwichser, als einen Nachtmalocher, der seltsamer Handarbeit nachgeht und dann Spuren auf dem Laken hinterlässt. Jetzt aber, wo die bösen Zungen schließlich doch eine Frau erblicken, und dazu noch eine gertenlange Schönheit mit Beinen, die nur so auf die Stadt herunterschauten, jetzt, wo diese Schlangen die Anwesenheit von Amore gewittert haben, ja, da träumen sie nur noch davon, ihre Schlangenzunge in ihr Ohr zu züngeln, um

* *Goudougoudou*: lautmalerische Bezeichnung für das Erdbeben vom 12. Januar 2010.

sie zu Fall zu bringen oder schlicht umzulegen und mit ihrem Drecksschlangengift zu vergiften.

Ich habe mit der Entregelung aller Sinne zu tun gehabt. Hör-, Seh-, Geruchs-, Geschmacks- und Tastsinn. Amore, die ich eben erst kennengelernt habe, legt mir nahe, sie nach Italien zu begleiten. Italien aber ist, soweit ich weiß, ein Land, das wegen nichts und wieder nichts zu beben beginnt. Ich halte dieses Land für ein schreckhaftes Pferd, das hier einen Fußtritt setzt, dort mit dem Huf ausschlägt. Ein Pferd mit den Komplexen eines miesen Fußballspielers …

Du bist dran. Amore geht in sich.

»Ich gebe zu, dass wir auf Fußball stehen, Bernard. Wenn du so willst, stehen wir auf ziemlich viel Zeug. Und manchmal kommen wir eben ins Beben, ja, wirklich, Italien versteht sich aufs Beben.«

Die Worte von Amore laden mich nicht gerade zum Träumen ein. Nicht einmal eine Kopfreise bescheren sie mir. Sie bestätigen bislang bloß meine gesamten Alpträume.

»Was meinst du, wie das wohl rüberkommt, wenn ein Mensch ein Erdbeben in seinem Land überlebt, um dann im Ausland an einer ähnlichen Katastrophe zu verenden. Ich wäre der hinterallerletzte Trottel. So ein Ende würde auf der ganzen Welt tosenden Beifall auslösen, meine Landsleute selbst im allerletzten Winkel, im hinterallerletzten Loch, würden sich in die Hosen machen vor Lachen. Sie würden sich von Nord bis Süd, von Ost bis West in die Hosen machen. Ich bin doch nicht auf die Welt gekommen, damit ein dahergelaufener Buckel sich über mich totlacht. Das wirst du bestimmt verstehen, Amore …«

»Lass es dir in Ruhe durch den Kopf gehen, Bernard. Bestimmt täte es dir gut, rauszukommen … Deine Freunde sind übrigens alle weg, zack auf die andere Seite, Zeilensprung, Friede ihrer Seele. Es ist Zeit zu gehen, Luft holen ist angesagt. Lass uns morgen nochmal sprechen, Bernard.«

»Abgemacht. Morgen ist ein neuer Tag.«

Ich wollte nicht weg. Manuel auch nicht. Rose ebenso wenig. Wenn ich an Rose denke, gehe ich übrigens immer flöten, und zwar in jedem Winkel dieser Stadt, denn seit sie fort ist, Friede ihrer Seele, weiß ich nichts von ihrem Mann, der ein total netter Kerl war. Clément hieß er, so viel ist klar, ansonsten aber kommt meine Erinnerung mit der Trauer um diese zwei jungen Menschen nicht zurecht, zu viel Jammerwirtschaft.

Ich wollte also nicht weg. Auch Manuel war überhaupt nicht erpicht drauf. Als der Boden zu schwanken begann, Friede seiner Seele, breitete sich die Nachricht über sein Verschwinden erstmal nur als Gerücht aus, doch als sich der Verdacht bestätigte, haben alle doppelt gesehen. Als sei dieser Freund einen *Marassa*-Tod gestorben, einen Zwillingstod, ja als habe ihn der Tod gleich zweimal gepackt. Nichts im Leben ist untröstlicher. Als einen Freund auf eine Weise zu verlieren, die sich der Vernunft, der cartesianischen Methode und Logik entzieht. Was weiß ich. Manuel hatte nichts von dem an sich, was Menschen, die für einen frühen Tod bestimmt sind, sonst aufweisen. Er war clever, hatte ein wildes, großes Herz. Doch Ende Gelände; sein Körper gab im selben Moment nach wie die Blöcke der Struktur, die ihn beherbergt hatte. Es war ausweglos. Der Beweis: Dreihunderttausend andere Personen kippten an diesem Tag um und sahen der dunkelsten Nacht des Sonnensystems direkt ins Gesicht.

Immer wieder wird die Zahl dreihunderttausend in Frage gestellt, wird von den Leichenbestattern und den Grabschauflern mehrerer großer internationaler Medien untergraben, also von denen, die keinen einzigen Ast ihres eigenen Stammbaums inmitten dieses Massenwaldsterbens ausgemacht haben. Es ist aber zu einfach, sich einen Radiergummi zu packen und auszuradieren, was Gott angerichtet hat. Wieso nicht lieber den Vielfraß *Glouton Goudougoudou* stören und ihm einen runterholen? Soll er mal an sich selber Freude haben und aufhören, sich andere Leben einzuverleiben. Anstatt Zahlen durcheinanderzubringen.

Dem Evangelium der Gebildeten zufolge (also jener, die erst schiefherzig vor sich hin lesen und anschließend wie in Kursivschrift gedruckt sprechen) ist der Tod eines Menschen der Tod aller Menschen. Ich bin nicht besonders gut in Mathe, doch wenn der Tod eines einzigen Menschen schon dazu führt, dass die schönsten Grabreden geschwungen werden, was ist dann bloß über den Tod von dreihunderttausend Seelen zu sagen.

[EIN STERN]

Dieser Tag ist wirklich kein normaler Tag, das leuchtet mir völlig ein. Es ist ein Nacht-Tag, die verborgene Seite des Sonnensystems. Tausende Sternschnuppen sind am Abend des zwölften Januars über den Himmel geschossen. Eine Frau schrie in regelmäßigen Abständen auf, von Unterleibsschmerzen gequält: »die Fruchtblase, die Fruchtblase ...!« Vom Bürgersteig erhob sich eine recht betagte Dame, sie hatte dort leise wimmernd über einen Toten gewacht. Die Frau nahm sich ein langes kobaltblaues Tuch vom Kopf, wickelte es der Gebärenden mit viel Geschick oberhalb des Bauches um und verknotete es streng in ihrem Rücken. Der eben geborene Stern ist ein Mädchen. Die Mutter taufte es Marie.

»Halleluja«, schreien die Umstehenden. »Was für ein Wunder!« Die betagte Dame sah es schließlich ein, die wundersame Geburt zeigt, dass das Leben stärker als alles andere ist.

Halleluja ... Halleluja.

[GOOGLEMAPS]

An diesem Tag, das leuchtet mir völlig ein, und wenn wir noch so lange im gedämpften Licht dieser Stadt vor uns hin tanzen, uns lustig machen und mit dem Finger auf den Prediger oder den Immigranten zeigen, und wenn wir uns noch so sehr bemühen, den Weizen in der Spreu auszumachen, an diesem Tag, das leuchtet mir völlig ein, selbst wenn wir wie wild Verleumdungen aussprechen und die Taube wie ein zweibeiniges Schwein in den Dreck ziehen, an diesem Tag, ist, das leuchtet mir völlig ein, auch wenn die Geier gerade ihr Schlemmermahl auf dem Rücken der

Prometheus-Stadt eröffnen, an diesem Tag, das ist so klar wie die Augen der eben geborenen kleinen Heiligen, sind wir alle gestorben. Tot sind wir. Punkt, aus.

Dank dieser Lehre, dieser aus dem Tod abgeleiteten Weisheit, habe ich den Absprung geschafft. Ganz allein, aber angetrieben vom Schwung und der Wärme Amores, in ihrer Begleitung, habe ich meinen Spaß im Flieger gehabt. Ich brach auf, um aus dem Bullauge heraus in den Spiegel von Amore zu blicken. Um im Freilauf zum Firmament aufzubrechen wie eine Höhensphinx. Um wie ein Held in Amores Heimatland einzuziehen.

Es wird in die Geschichtsbücher eingehen, dass ich aufbrach, um wiederzukommen. Bei meinen ersten Schritten auf der Gangway von Hienieden-Airlines hielt ich erstmal inne, um mir die ganzen Leute anzuschauen, die zu mir hinaufsahen; entweder waren sie gebannt von dem Drama oder gebannt davon, dass einer ihrer Söhne so mir nichts, dir nichts entschwand. Da blickte ich dem ganzen Volk fest in die Augen. Und schleuderte ihm meine Abschiedsbotschaft entgegen: »Als sie mich stürzten, haben sie nur den Stamm des Baums der Freiheit umgehauen. Seine Wurzeln aber werden erneut ausschlagen, denn diese sind tief und zahlreich.«*

Welch eine Ehre, meinem Volk dieses Geständnis machen zu dürfen, hier vom Podest des Flughafens Toussaint Louverture aus.

Einer der Passagiere, ein kümmerlicher Kahlkopf, schüttelt den Kopf von rechts nach links und nähert sich Amore auf dem Gang des Fliegers. Wünscht ihr gutes Gelingen, Glück bei ihrem Abenteuer. Der arme Hecht sieht mir beim Aussprechen des Wortes »Abenteuer« direkt in die Augen. Er kommt nun von einer Vertraulichkeit zur nächsten und beginnt dann auch noch von seiner jüngeren Schwester zu erzählen, die in einem noch weitaus kritischeren Zustand als ich zu sein scheint. Dabei zeigt er sogar mit dem Finger auf mich.

Seine Schwester ist seit dem Erdbeben so dermaßen traumatisiert, dass sie keinen Schritt ohne einen Schreckensschrei tut.

* Berühmter Ausspruch des Freiheitskämpfers und haitianischen Nationalhelden Toussaint Louverture, nach dem der Flughafen von Port-au-Prince benannt ist.

Bei jedem Schritt fürchtet sie, die Erde könne sich unter ihr auftun. Der Boden ist zu ihrem größten Feind geworden. Den Worten des Mannes zufolge ist sie Opfer einer schlimmen Erd-Paranoia.

Jetzt kündigt der Pilot eine leichte Verspätung an. Schuld ist ein Sturm, der gerade über dem Atlantik wütet. Trotzdem bittet uns der Kabinenchef, wir mögen die Sitzgurte anlegen.

Ein Schwindel erfasst mich und lässt mich fast vornüber auf den Boden stürzen. Breche ich wirklich gerade auf? Zwei Passagiere in der rechten Sitzreihe werfen eine Münze. Der eine wettet, das Flugzeug werde in fünfzehn Minuten starten, der andere sagt voraus, es werde etwa eine Stunde bis zum Start dauern, versichert aber, der Pilot werde die verlorene Zeit wieder einholen, nördlich der Wolken. Die Stunde ist um. Zwei Nieten in derselben Reihe. Der Mann ist mit dem Münzwurf dran. Heben wir ab oder nicht? Diesmal wettet er auf dreißig Minuten. Sie wiederum greift noch im Flug nach der glänzenden Münze, nach diesem Kupferfunken. Heben wir ab oder nicht? Zweiundzwanzig Minuten, schätzt Madame.

Entregelung aller Sinne. Eine Stewardess kommt auf mich zu und bietet mir ein Glas mit frischem Wasser an. Ich blicke die Hand an, die mir das Wasser reicht, an den Fingern die mit blauen Steinen besetzten Ringe; der Widerschein der Steine bricht sich im Glas als flüssiges Prisma, während die Hälfte des Körpers der Stewardess sich merkwürdigerweise meinem Blick entzieht. Ich leere das Glas in einem Zug. Ein Kaleidoskop an Sinneseindrücken und Erinnerungen flicht sich in meinem Kopf zu einem Band zusammen. Heben wir ab oder nicht?

Trotz der widrigen Umstände, die langsam der Enttäuschung Platz machen, dann Dunstschwaden jähen Unmuts lostreten, jedenfalls aus den Blicken mancher Fluggäste zu schließen, die auf verwundeten Albatros machen, bewahre ich die Ruhe eines gefallenen Engels. Abgesehen von der Malaise, dass der Taktschlag auf meinem Trommelfell zu einem heftigen Klopfen in der Halswirbelsäule angewachsen ist. Ich bin kein Arzt und überlasse diese Sorge lieber denen, die den hippokratischen Eid gesprochen haben und anderes Blabla um medizinische Pflanzen oder bequeme Latschen von sich geben. Denen, die von Patientenfußsohlen und von denen reden, die den Krankheiten der niederen Welt anheimfallen, die eine eiserne Gesundheit beweisen und uns alle mit den Füßen voran ins sogenannte Land ohne Hut*, auf die andere Seite der Schranke befördern.

Doch Schluss mit diesem Lied, wenden wir uns lieber dem Beten zu: Ich ruhe weiterhin in mir, bin gefasst, unerschütterlich wie ein geübter Wichser, bin ein Mann, der alles in der Hand hat, zum Beispiel die Weltkarte, die in meinem von Frauenschönheiten vollen Schädel kreist, in meinem glücklichen, von allen Feen der sichtbaren und unsichtbaren Welt vollgespukten Schädel. Amore weiß von meinen Streifzügen, von meinem Hüftgewackel und -getümmel im Schattenreich der Feen. »Ah, die großen Geister zeigen sich wieder«, wiegelt sie ab. »Eines Tages oder Nachts wirst du zur Ruhe kommen, Coco, mein Lieber, mein kleiner neapolitanischer Schlingel wird sich beruhigen.« Sie fügt dieser Beschwörung einen großen Seufzer hinzu. Ich meinerseits kenne ihren kleinen neapolitanischen Schlingel gar nicht. Jeder schlängelt sich doch, soweit es geht, durch die eigene Kultur, versucht, sich in irgendwas zu ertränken. Bei Völkern, die gut drauf sind, heißt es dann immer, sie kämen von Inseln. Die Insel von Manhattan oder die Île de France bringen die Leute immer noch zum Träumen. Zu dem Thema schweige ich lieber und halte mich an die Inselaugen von Amore, die mich am helllichten Tag mit lodernden Sternfunken anblinken.

Lassen wir dieses Lied und wenden uns lieber dem Beten zu. Ich ruhe immer noch völlig unerschütterlich in mir. Googlemaps hat mich nicht umsonst so viel über Städte gelehrt. Das Rumgezicke von Hienieden-Airlines hat deswegen keinerlei Chance, mir eine Migräne zu verpassen. Googlemaps sei Dank, war ich bislang überall ein wenig zuhause. Und es hat durchaus Vorteile, durch mondlose Viertel zu streunen. Ich bin schon durch die Straßen von Trastevere geschlendert, an den Ufern des Tiber entlang, habe an der Seite virtueller Angler geangelt, die der Fluss mit seinem dumpfen Dahinfließen zum Gähnen brachte.

* Land ohne Hut: haitianischer Ausdruck für das Jenseits.

Die Verleumdungs- und Sturmlosbrecher können mir keineswegs vorwerfen, ich käme mit leeren Händen von diesen Alleingängen zurück. Und doch hat einer von ihnen den richtigen Ton getroffen und das kranke Gelächter von Fröschen, Kröten und anderen in Gerede und übler Nachrede versierten Kriechern geweckt. Der Kriecher munkelt, ich sei ein platonischer Reisender, einer, der sich alle Länder reinzieht, ohne sie wirklich gesehen zu haben, ohne jemals den Fuß, nicht einmal den kleinen Zeh an den Saum ihrer Grenzen gesetzt zu haben. Ich antworte dem Penner, dass ich kein Leser von Büchern sei, weder von Sachbüchern noch von Unterhaltungsliteratur. Sondern mein Leben im Hüpfspiel von Googlemaps verbringe. Jeder Zeit ihren Entdecker. Dieser steht verblüfft vor einer Insel, einem Fluss, einem Berg. Jede Zeit hat einen Entdecker vor Flora und Fauna stehen, ohne die noch zu deflorierenden Urwälder und Grotten mitzuzählen, die unser Geschrei und Geheul empfangen und widerhallen lassen, als stecke die Welt in den Kinderschuhen.

Googlemaps ist Zauber. Googlemaps ist Voodoo. Wenn du Googlemaps nicht kennst, niemals einen Blick hineingeworfen hast, kannst du dir sicher sein, dass dich wenigstens der Voodoo im Visier hat und kennt.

Heben wir endlich ab oder nicht? Mein Sicherheitsgurt jedenfalls sitzt. Ich war mir sicher, dass ich mich völlig allein in Aktion setzen, in luftige Höhen würde aufschwingen können, um die Zeit im Flug zu nutzen. Wie ein Erwachsener.

NOTE C

Du hast tausende Flugzeuge vom Himmel herunterkommen sehen, Flugzeuge, die völlig problemlos ihren Platz unter der Sonne gefunden haben. Schwör mir, dass du mir keine Bären aufbindest und Flugzeuge nicht mit Vögeln verwechselst.

Hat der Schmetterling aus seiner sagenhaften Höhe wohl eine eher seltene Spezies ausmachen können in der rauschenden Menge von Ankommenden, in dieser beeindruckenden Menge an Aasfressern, die Mundschutz tragen, um den versteckten Kameras der Cholera und dem Dings, dem Dingsda, ihr wahres Gesicht nicht zeigen zu müssen?

In dieser Meute, dieser Aasfresserschar, unter diesen Viechern, die gefährlicher sind als alle Geier, Adler, hässlichen Entlein und schlauen Eulen zusammen?

[NGO]

Die Erde hat linkerseits gebebt. Die Erde hat rechterseits gebebt. Die Stadt hat ihre ganze Tonleiter ausgereihert, ihr ganzes Innenleben hat geschlottert ... *G, A, H, C* ...

Ich fand keine Worte, als es bebte. Ich nahm den Tod als Musiker auf. Ich summte vor mich hin.

Um mich herum hörte ich das Universum in sich zusammenstürzen, meine Stadt war vom Schlag direkt ins Herz getroffen, sie sprang herum und flatterte in alle Richtungen davon. Zitterte schwindelerregend, bevor sie wie ein Mädchen in den Armen eines Bösewichts zusammenknickte. Überall Qualm. Schreie zerschnitten die Nacht, Hilferufe, allerorts schrie man um Hilfe. Überall Staub, schutzloser, kurzatmiger Staub, der eine unterirdische Merengue schleppte wie ein Karnevalswagen. Es ist zum Verrücktwerden, wenn Staub aus einer Stadt aufsteigt, die gerade auf den Kopf gestellt wird. Fliegende-Untertassen-Staub. Hirnverbranntenstaub.

Die Stadt hat obenrum gebebt. Die Stadt hat untenrum gebebt. Ganz von alleine hat der Körper fünfunddreißig Sekunden lang gebebt, sind Säfte, ist das Meer emporgestiegen, als wollte die Stadt sich öffentlich in die Lüfte erheben. Ich war dabei, als die Erde zu beben begann ... *C, D, E, F, G.* Ich hielt mich an meine kleine Melodie, als die Erde bebte. Ich summte, als wollte ich so tun ... als wäre ich da.

Als das Himmelsbrot kam, bekam ich keinen einzigen Krümel der fremden Gabe ab. Die Spenden kamen zwar als Flut, aber der sogenannte Internationale Beistand blieb mir verwehrt. Ich hielt überall Ausschau danach, wie nach einer Liebe, schaute in

Arbeiter- und Armenvierteln danach, suchte in den oberen Vierteln der Stadt. Selbst beim Marché en Fer sah ich mich um, doch auch hier, bei der alten Eisenmarkthalle, war keine Spur davon zu sehen, ich bekam meine verdammte Ration an Internationaler Hilfe einfach nicht ab.

Großzügige Hände streckten ihre Lebenslinien über der Erdspalte aus, überall streckten Hände ihre Menschlichkeit in den Raum, verkündeten ihr Mitleid über den humanitären Schaltkreis: die NGOs. Genauso wie das Beben, wie der Vielfraß *Gourmand Glouton Goudougoudou,* breitete sich das Wort NGO in der Landschaft wie ein Lauffeuer aus. Eigenartig, dass einige auf unterschiedliche Bereiche spezialisierte NGOs schon seit langem vor Ort waren. Das Erdbeben wiederum öffnete ihrer extremen Ausbreitung Tür und Tor. NGO. Drei Buchstaben, die wie drei Schläge am Tor des Unheils klingen. NGO. NGO. NGO. *Non-governmental organization.* Nichtregierungsorganisation.

Die Hilfe kam in Strömen, während ich, ein Kind dieses Landes, nichts davon abbekam. Keinen einzigen Krümel unter der Tropensonne bekam ich ab. Nicht, dass ich nichts von der Himmelsgabe hätte abhaben wollen, nicht, dass ich zu beschäftigt gewesen wäre mit dem Bestatten der Brüder der Sterne, mit denen, die in nur einem einzigen Atemzug gestorben sind. Andere Hände entschieden insgeheim, dass das Himmelsbrot in Form von branchenzugewiesenen Ergüssen aufgeteilt würde. Aus den Trümmern Geborgene, die außer Atem waren, Katastrophenopfer, die am Rande aller Kräfte waren, zogen nach Canaan*, um dort ihre Zelte aufzubauen. Da aber weder Milch noch Honig an diesem niederen Ort flossen und die Katastrophenopfer ihren Lebensdurst gestillt haben wollten, trafen sie dort geschlossenen Auges, offenen Munds und hoffnungsprallen Herzens ein. Zwischen den Anführungsstrichen alter Zerknirschung und heftiger Hungersnot gepackt, fingen die Überlebenden, unter ihnen eifrige Glaubensleute, an, über Gott zu fluchen und beim Geschlecht ihrer Mutter zu schwören, sich im Leben nicht mehr für ein Gebet zu verbiegen. Nie mehr würden die einst so

* Name eines großen Lagers für Erdbebenopfer in der Nähe von Port-au-Prince.

Gefügigen der Vorsehung zur Verfügung stehen. Mit wutentbrannten Augen, das Feuer in der Hand, begannen sie, ihre Bibel erst zu zerreißen, dann abzufackeln, selbst in Anwesenheit derer, in denen sie Augenzeugen Gottes erkannten, also in Anwesenheit von Missionaren und barmherzigen Samaritern, solchen, die von ganz oben kommen, die aus Ländern kommen, für deren Durchreise ein Visum nötig ist, aus Ländern, in denen selbst ein noch so kleines Kind eine saubere Weste zeigen und einen digitalen Fingerabdruck hinterlassen muss, um als menschliches Wesen durchzugehen und vielleicht einen nächtlichen, aus Lautsprechern hingedröhnten Willkommensgruß zu empfangen. Jedem gebührt gewissermaßen das Seine.

[DER TOD]

Ich war eigentlich immer neben der Spur, achtete aber trotz aller Disharmonie immer noch darauf, im Takt meiner geheimen Melodie sachte mit dem Fuß vor mich hinzutippen.

Es ist wichtig, sich um sich selbst drehen zu können, sich ein wenig den Rhythmus vorgeben, ein bisschen Stimmung machen zu können, diesem Gestirn da gegenüber, das nicht mehr in der Lage ist, ein Lichtlein zu werfen, selbst wenn die Nächte so ungeheuer düster ausfallen.

Als die Drehscheiben zu tanzen begannen, hielt ich mich abseits. Keinesfalls wollte ich in den Totentanz einfallen. Die Toten wollten natürlich auch nicht tanzen. Mir nichts, dir nichts wurden sie hinein- oder fortgerissen. Man hat keine Chance gegen eine Tanzpartnerin, die von einem verlangt, mit den Füßen vorneweg über die Tanzfläche zu schlittern.

[VOGELNAMEN]

Womöglich hätte ich von alldem nichts mitgekriegt, wenn ich Amore nicht kennengelernt hätte, meine neapolitanische Fee, mein Mandelschnittenraubtierweib. Vermutlich hätte ich in den zerbeulten Straßen der Stadt einfach weiter freie Verse verfasst. Meine Knochen sind zurzeit aber wahrscheinlich nicht mal für Knochenmehl zu gebrauchen. Was mir geblieben wäre, läge womöglich in einem der Massengräber, in denen die kleinen Mozarts aus den umliegenden Siedlungen gelandet sind. Jedes Mal, wenn ich jemandem, der nicht in diesem Land lebt, also einem Fremden, wie man so sagt, diese Geschichte erzähle, bemüht sich dieser in der Regel, mich daran zu erinnern, dass man, selbst wenn man beinahe in einem Massengrab gelandet ist, »noch lange kein kleiner Mozart ist«.

Geben wir also zu, dass ich kein kleiner Mozart bin und auch all die Toten keine kleinen Mozarts sind. Ich verstehe aber weder dieses völlig übereilte Urteil, noch begreife ich, wieso meiner so schluderig dahingestrichelten *condition humaine* mit derartiger Unhöflichkeit begegnet wird. Vor allem aber kapiere ich nicht, warum am Rand meines Massengrabs und meiner hypothetischen Geschichte vom kleinen Mozart kein Schweigen gewahrt wird. Kurzum, die Langstreckenretter, die Fremden, wie man so schön sagt, sie führen mir immer wieder vor Augen, dass ich ein Dasein als verlorener Schatten friste, als dürfte ich nicht von meinem Liedchen träumen, als dürfte ich meiner kleinen inneren Melodie keine Stimme geben. Von wegen!

Zurzeit frage ich mich immer wieder, was ich bloß wäre, wenn ich Amore nicht getroffen hätte. Sie ist die Fremde, die als Freiwillige für unterschiedliche humanitäre Einrichtungen arbeitet, sie ist die *Expat* avant la lettre, die als Schmetterling von der Heckenrose zur giftigen Blume der zerbeulten Stadt flatterte. Amore ist es, also die, die nicht aus diesem Land stammt, die Fremde ist es, die mir dabei geholfen hat, mich mit den Überresten meines Landes vertraut zu machen. Sie hat mir dabei geholfen, mich im Herz des Zerfalls, mittenmang im Chaos, in dieser Riesenunordnung des Jahrhunderts zurechtzufinden, in der alle Welt alle Welt verarscht. Die Nationalen die Nationalen, die Internationalen die Nationalen und die Internationalen die Ultranationalen ... Amore hat mich zu den Seraphim geleitet. Sie hat mich das Geschlecht der Engel berühren lassen. Amore hat mir Aufwind beschert, hat mich fliegen, hat mich bis zum höchsten Spross der Leiter aufsteigen lassen. Hat mich zum G-Punkt der NGOs gebracht.

Unter Amores Fittichen bin ich auf Tauben gestoßen, auf Kondore, Bussarde, Turteltauben, Adler, Rabengeier, Neuweltfliegenschnäpper, auf miteinander zankende Raben mit Käse im Schnabel. Ich habe parfümierte Aasvögel angetroffen, radschlagende Pfauen. Perlhühner und Werwölfe, ganz zu schweigen von den wilden Enten, die direkt in den Topf oder auf den Trümmerplatz gehörten. Amore hat mich mit Schnattergänsen, Plapperpapageien, mit was weiß ich was noch allem bekannt gemacht. Der Kleine Bernard ist schließlich kein Tierlexikon. Frag mich nicht weiter. Man kann nicht in einem völlig zerrupften Land leben und dann auch noch alle Vogelnamen kennen.

[BERNARD, DER EINSIEDLER]

Nenn mich Bernard, das ist mein magischer Name. Ein Allerweltsname, der einem Durchschnittsmenschen gehören könnte, einem, dem man bei schlechtem Wetter unterm Regenschirm über den Weg läuft. Einfach nur Bernard, ohne jeden Glamour, ein Name, über den man beim Durchblättern des Telefonbuchs auf keinen Fall stolpern wird. Mit dem sich ganz hervorragend eine indirekte Identität leben lässt. Ein Bootsname. Ein Name, mit dem es sich ohne viel Wind zu machen rumschippern lässt. Ein wunderbar vertrauter Name. Gut geölt, durchgegart, beste Hausmannskost. Ein Name, der die Spielchen desjenigen, der ihn trägt, geschickt verbirgt.

Du einsamer, fast schon hermetischer Dichter. Guckt mal, da ist der Einsiedlerkrebs unterwegs!

[GEBROCHENES HERZ]

Das Herz der Stadt ist zerbrochen, hat aber zu schlagen nicht aufgehört. Die Stadt wurde in ihren Steinen, Ziegeln, Grundfesten, Mauern erschüttert. Jetzt leidet sie an gebrochenem Herzen. Es ist das erste Mal, dass die Stadt ein so heftiges Grauen erwischt hat. Den nackten Tod hat sie erlebt und begriffen, was es heißt, wenn sich Tod über Beton ergießt.

Durch die Stadtviertel schwanken lebendige Tote, unvollständig tote Tote, sagen wir seelenlose Körper, Erscheinungen, die derartig zerlegt sind, dass sie den Weg zu den Massengräbern, die die Mutigsten unter uns ausgehoben haben, zu Fuß zurücklegen. Wo man nur hinblickt, sieht man Körper wie flatternde Schatten ihre Seele auf offener Straße austragen. Nebelgestalten, Wesenheiten mit gläsernen Augen, die im Profil dahindefilieren, als setzten sie sich gerade ins Mittelalter ab. Erscheinungen, die vor Scham seitwärts laufen, das Gesicht von Staub bedeckt.

[RAUBVOGEL]

G, A, C, D ... Was himmele ich den Boden unter meinen Füßen an. Das Himmelsbrot ist gelandet, aber ich bin völlig verstimmt. Wie sollte es auch anders sein. Schließlich haben wir es meiner Meinung nach mit nichts weniger als einem Attentat zu tun. Folgendes hat sich am Stadteingang abgespielt, unweit vom Portail Léogâne, Ecke Rue de L'Empereur. Das Himmelsbrot war gerade eingetroffen, da sah ich mit eigenen Augen einen Dieb durch das Fenster eines am Rande des Portail Léogâne gelegenen Hauses schlüpfen. Der Mann sah zwar aus wie ein Tourist, doch schnell war klar, dass er sich nicht nur umsah. Er führte auch keine Schadensprüfung durch, um die Lage nach der Visite des *Goudougoudou* zu checken. Ganz im Gegenteil, er riss sich gerade den kleinen weißen Beutel mit der Katastrophenhilfe unter den Nagel. Allem Anschein nach wusste der Besucher, dass sich nicht weit von dort ein Lager befand. Sein Gesicht war halb vermummt, allerdings nicht mit einer Maske, sondern mit einem Mundschutz. Ich war so verblüfft, dass ich rief: »Hey Dieb, lass das Zeug da fallen!«

[DIE SCHÜRZE]

Ich war ziemlich schnell wieder bei Sinnen, bevor meine Augen erneut vom Staub des Tages getäuscht wurden. Erst dachte ich, ich sehe doppelt, denn es näherte sich ein weiterer Mann. Hinter diesem zweiten Mann wiederum verbarg sich ein dritter, und hinter dem dritten klemmte eine Frau. War sie blond, dunkel, schwarz- oder rothaarig? Egal. Der Frau folgten weitere Frauen auf dem Fuß, kreuz und quer. Schlanke Frauen, üppige, kokette, dicke, kleine mit Wespentaille. Wie auch immer, Schwamm drüber, eigentlich geht es ja nur um die Sache mit dem Diebstahl. Wenn ich davon erzähle, werde ich immer mit einer ganzen Reihe Vogelnamen beschimpft. Wo befinden wir uns? Die Welt steht Kopf. Ein rundes bodenloses Loch. In dieser niederen Welt stimmt von jetzt an gar nichts mehr. Die Männer kamen zahlreich und trugen merkwürdige Schürzen zu ihrem Mundschutz. Ich hatte den Eindruck, es seien hundert, bis ich sehr viel später verstand, dass sie in Schüben angespült wurden und dass es sogar Tausende waren, die per Fallschirm aus aller Welt eintrafen. Männer und Frauen mit trauriger Miene, die nahe am Wasser gebaut waren, fanden sich als Helfer ein. Männer und Frauen, denen das Mitleid ins Gesicht geschrieben stand und die als Retter und barmherzige Samariter zu Hilfe geeilt waren.

NOTE D

Schmetter... Schmetter... Und wenn diese komischen Vögel, diese in der Stadt und im Jahre Null gelandeten Männer und Frauen gar keine Vögel waren? Und wenn diese vom Fliegen gedopten Erscheinungen weder Männer noch Frauen waren?

Oh Schmetter... Schmetter... Schmetterling ... All diese angeblich zum Helfen und Pflegen Eingetroffenen, waren das wirklich Pfleger und Ärzte? Wieso trugen sie Schürzen und liefen wie vom Wind angetrieben umher, den schwerelosen Körper Richtung Himmelsbrot gewandt? Sag schon, Schmetterling, der du so hoch über alles hinwegfliegst, über das, was war, über das, was ist, und manchmal auch über das, was erst noch sein wird ...

Lebens-Loko, Todes-Loko, du geheimnisvoller Schmetterling der Lüfte und der hohen Berge, du, der du rückwärts zu fliegen verstehst, während dir die Luft durch die Flügel streift, was hältst du von all diesen Männern und Frauen, na sag schon, Papa?

Schmetter Schmetter... Die Stadt kotzt ihre ganze Vergangenheit aus, frisst all ihre Hüte und rennt nun ohne jede Kopfbedeckung unter den Sternen hinweg. Ihr Körper fängt Feuer für ihre Helden. Die Stadt denkt an nichts als an ihre Verbrennungen und Wunden. Ich entfalte mich mit hechelnder Zunge zwischen Wachen und Träumen. Für dich zwinge ich mich, Geheimnisse zu entwurzeln, sie ihrer Herkunft, ihrem Ursprung, ihrem Urquell zu entreißen. Mal ganz unter uns: Mein Schwanz, Schmetterling, ist keine Blume, auf der du dich niederlassen kannst, um zu dir zu kommen oder eine Gewissensprüfung vorzunehmen, wie man so schön sagt. Der Geist der Loas* sieht nicht vor, dass ein lebender Christenmensch meines Schlages einem in alle Winde verstreuten Schmetterling das Lichtlein anzündet. Ich träume wohl. Du, der du das Jahr Null verpasst hast, Schmetterling, oh Schmetterling, was würdest du sagen, wenn all diese Schürzenträger, all diese Frauen, die keine Männer sind, und all diese Männer, die keine Frauen sind, kurzum Schlächter wären?

Es heißt, dass in der Stadt jede Regel eine Ausnahme kennt, aber was sollen wir tun, Loko, na sag schon, was tun, wenn es in diesem Chaos keinerlei Regeln gibt?

[PLÖTZLICHE BEVÖLKERUNGSEXPLOSION]

Schwarze Schmetterlinge tauchen auf und fallen über die Bougainvilleas der Stadt her. Sie fliegen in Spiralen daher. Körper kraxeln durch die Straßen, kriechen dahin, versuchen aus Schutt und Trümmern herauszufinden. Im Freien dann hauchen sie ihr Leben aus.

* Bezeichnung für die Geister des Voodoo.

Die Kameras der Welt filmen die Szene live, denn die Nachbeben wirken wie Stellvertreter des großen Schocks, sie schlagen ein, schlagen sich nieder, schlagen zurück. Zahlreiche Nachbeben, die Tage, ganze Wochen andauern.

Es wird Bilanz gezogen. Das Erdbeben von Lissabon, das so viel Tinte hat fließen lassen, ist lange nicht so mörderisch gewesen wie der Vielfraß, der *Goudougoudou Gourmand.* Nach Pompeji ist die Menschheit selten von solch himmelschreiendem Horror heimgesucht worden. Was für ein Schlag: dreihunderttausend Katastrophenopfer. Dreihunderttausend. Ein einziges Blutbad. Eine plötzliche Bevölkerungsexplosion im Reich der Verstorbenen.

[LEBENSSTÜCK]

Großaufnahme des Unglücks, Zoom und Blitzlicht, der Tod direkt vor der Linse. Manche Ärzte beachten den von ihnen so genannten hippokratischen Eid nicht. Sie feixen über zerteilten, zerlegten und zerfetzten Leichen. Mittagspause und Selfie vor abgetrennten Armen. Pause vor sauber abgetrennten Füßen, in Notzeiten angewandte Kriegsmedizin, es muss schnell gehandelt, Wundbrand verhindert werden. Geschrei und Geheul in notdürftig hergerichteten Krankenaufnahmelagern.

»Sie haben mir beide Hände abgeschnitten, beide Beine abgetrennt. Um mich nicht gehen zu lassen, damit ich nicht auf die andere Seite gelange. Ich werde aufhören zu sterben. Danke, Doktor.«

»Ich wünsche Ihnen eine gute Reise.«

[TOTE ROSE]

Sie war stechend schön, diese Rose, schön und absolut uneitel, ganz anders als diese Tussen, die immerzu glauben, alle Welt müsse ihren ewigen Hüftbewegungen folgen, die Menschheit müsse um jeden Preis und im Tausch gegen ihre ach so umwerfende Schönheit ihr gesamtes Guthaben opfern.

Rose hatte glänzende Augen, die zwar nicht tausendfach wie die Sonne funkelten, aber doch so, wie es zwei, drei Regentropfen tun, und das war genug, ja völlig ausreichend, um der Rose die gebührende Dosis Anmut zu geben. Sie schillerte, man konnte sogar sagen, ihr Gesicht lief von dieser Anmut fast über. Diese Rose war eine Frau mit einfachem Herzen, in Männerkreisen aber sorgte sie für unendlichen Gesprächsstoff. Auch im sogenannten *Blues and Choral*, einem Lokal, das als Lesbennest bekannt war, löste sie Krisen aus, die man als Herzanfälle zu bezeichnen pflegt. Für mehr als einen harten Kritiker aber war Rose nichts weiter als eine Mörderin, eine Serienkillerin der schlimmsten Sorte.

Als Clément, der einzige, der ein platonisches Plätzchen in Roses Herzen ergattert hatte, von der schrecklichen Nachricht erfuhr, erholte er sich nicht mehr davon. Er war völlig von Sinnen, unfähig, sich auszumalen, Rose könnte in einem Massengrab liegen, namenlos und grundlos dazu.

Diese junge Frau mit dem reinen Herzen, die man Rose nannte, mit ihren weit ausholenden und gleichzeitig schwebenden Gesten, hatte weder Männer noch sonst etwas anderes gekannt. Noch nie war eine Rose im Garten der Welt so vom Tod entblättert worden, ohne vorher auf dem Weg dorthin selbst welken zu können.

Clément behauptet nun, selbst die Ewigkeit tauge nicht dazu, das letzte Urteil über das Jüngste Gericht zu sprechen, über diesen Gewaltakt gegen das Leben zu richten.

[WECHSEL-DRAMA]

Selten war ein Unglück so publik. Es gab Live-Aufnahmen bei hervorquellendem Blut und offener Wunde. Da klaffte was. Das Beben setzte sich in Stößen und Sprüngen fort. Freunde melden sich, Herzen bieten sich an, reihenweise wird Hilfe versprochen. Es heißt, es werde handfeste Antworten auf das Drama geben, das zu diesem Zeitpunkt schon lange kein ausschließlich haitianisches Drama mehr ist, weil die ganze Welt sich plötzlich als haitianisch bezeichnet, jeder ist ein echter Haitianer, ein

Potomitan-Haitianer*, ein Schilfrohr-Haitianer, also einer, der verdammt nochmal umknicken kann, sich dann aber auch wieder aufrichtet. Die Freunde schreien in diesem Stadium ganz großherzig, das Drama sei genauso gut amerikanisch, beziehungsweise nicht nur amerikanisch, sondern gleich auch noch anglophil. Außerdem wird das Drama französisch, gibt sich dann aber auch mit dem Französischsein nicht zufrieden, sondern will noch frankophil und obendrein das einzige weltliche Kind der Kirche und der Republik treu ergeben sein. Der französische Präsident kommt erstmalig ins Trauerland, um dem Drama persönlich zu begegnen.

Gleichzeitig ist das Drama kanadisch, es gehört Québec. Manch einer hat es mit einer bourbonischen Lilie an der Stirn dahinschreiten sehen, andere haben strikten Widerspruch eingelegt, das sei alles nicht rechtens, die gesichtete Blume sei nichts anderes als ein Ahornblatt. Das Drama ist außerdem brasilianisch, aber nicht nur. Es ist absolut lusophon, hat einen deutlichen Akzent aus Salvador de Bahia. Es handelt sich aber ebenso um ein taiwanesisches Drama, das Chinesisch spricht und mit Stäbchen isst, allerdings nicht wie die Chinesen, sondern so, wie es nur den Taiwanesen gelingt. Darüber hinaus ist das Drama algerisch, spricht arabisch wie ein feiner Leser aus Tipasa. Das Drama ist kabylisch, behaupten die Bewohner der Wüste. Mehr denn je ist das Drama syrisch. Nein, es ist unser Drama, antworten die Gelehrten aus Libyen im Chor. Russland schreit Selbstmord, das Drama gehört uns so sehr wie die Krim. Das Drama ist also russisch, schließlich kennt man keine andere Nation, die russisches Roulette so vorbildlich spielt wie die erste schwarze Republik.

Portugal schreit Schande, man wolle ihm die Starrolle stehlen, dieses Drama ist doch unser Erdbeben von Lissabon. Das Drama repräsentiert uns, so fatal wie ein Fado ist es. Die Martinikaner stellen vollen Anspruch auf das Drama, denn sie alle sprechen kreolisch wie die Haitianer; das Gleiche gilt für ihre Cousins aus Guadeloupe, Guyana, La Réunion, Mauritius und anderswo. Die

* *Potomitan*: Mittelpfeiler eines Voodootempels, steht für Solidität und Standhaftigkeit.

Insel ist zweigeteilt, auf der einen Seite die Kreolität des Dramas, auf der anderen die Mäuler, die das stimmlose Unglück verkünden. Die Kameruner begreifen die ganze Turmbau-zu-Babel-Stimmung nicht, wegen einer Angelegenheit, die nur Kamerun betrifft.

Das Drama spricht Wolof, erklärt man im Lande Senghors. Keineswegs, es ist Bambara, kontert man in Mali. Erinnert euch, dass das Drama den Dogon gehört und deswegen nichts anderes als Dogon spricht, bemerkt ganz gewaltfrei der Jambo-Stamm. Die Chinesen drohen damit, an den Rand der Welt zu stampfen, um alle erzittern und sämtliche Rivalen sich ins Hemd machen zu lassen. Der ganze Heidenlärm ist völlig unberechtigt, denn alle Welt weiß, dass Haiti das China der Karibik ist.

Es ist aber auch japanisch, betonen die Japaner ohne viel Trara. Die Inder begreifen weder Sinn noch Grund dieses ungeheuren Babelbrimboriums, sie jammern über das allzu kurze Gedächtnis der Länder in Nord und Süd, die bereits zu vergessen scheinen, dass Christoph Kolumbus, als er auf der Insel abstieg, meinte, das indische Festland betreten zu haben.

Übrigens hat der Entdecker Amerika entdeckt, weil er sich gar zu viel eingebrockt hatte. Die Mexikaner halten sich die Ohren zu und versprechen Repressalien gegen sämtliche Schurkenstaaten, die eine Mauer zwischen Mexiko und der haitianischen Vorstellungswelt errichten wollen.

Wir machen das Drama nicht zu unserem Steckenpferd, beschwichtigen die Deutschen, aber erkennen wir immerhin die germanophile Neigung des Dramas an. Das Schweizer Volk spielt nicht den Neunmalklugen und stimmt in einem Referendum für die vollständige Neutralität des Dramas. Wir Dominikaner hingegen teilen mit den Haitianern dasselbe Bett, will sagen dieselbe Insel. Caramba, schon haben wir ein wirklich ansteckendes Siamesische-Zwillingsdrama. Italien ist festentschlossen mit dem Stiefel ins Fettnäpfchen getreten, hat eine ziemlich eindeutige Warnung an die Fernsehklageweiberbande versendet. Mit dieser äußerst italienischen Einlage wird das Drama zur italo-haitianischen Angelegenheit. Allerdings teilt der Vatikan-Staat die Geschichte der doppelten Nationalität des Dramas nicht, weil ihm das Ganze nicht katholisch genug ist. Der Papst verspricht eine Predigt, die all seine vom Unheil betroffenen Brüder und Schwestern erretten soll. Die von überallher strömenden Menschen ohne Papiere wollen am großen Konzert und Nudelessen der Nationen teilnehmen, dieses Volk darf nicht verrecken, ist Haiti doch vor allem ein Land der Schriftsteller und sind Schriftsteller im Allgemeinen doch trotz ihrer sonst schlechten Verfassung im Besitz aller möglichen Papiere.

Um nun aber die Seite umzublättern und Schluss mit dieser Literatur zu machen, fordern die Staatenlosen ein, dem Drama stehe sein wahres universelles Gesicht zu ... Dieses Drama hat eine Antwort der gesamten Welt verdient, es ist ein Drama des Universums, ein menschliches, allzu menschliches Drama. Und damit basta.

[DIE LIEBE ALS ÖFFENTLICHES VERKEHRSMITTEL AUF DEM WEG NACH ROM]

Wie spät ist es? Es ist die Uhrzeit von Amore, meines minirocktragenden Drachens, meiner himmelhochjauchzend schönen Rakete. Amore ist auf dem Weg, mein Telefon kündigt sie an. Ich habe ein intelligentes Telefon, ja mein Telefon ist so ungeheuer intelligent, dass es an meiner Stelle zu vibrieren, einen Ständer zu kriegen im Stande ist. Eben vernahm ich noch die Schritte von Amore auf der Treppe, schon klopft es an meine Tür. Ich öffne und auf Anhieb geht es los. Noch auf der Türschwelle gibt es einen Spagat und eine richtig schöne Flöte. Das ist überhaupt nicht verrückt. Es ist der Drang unserer Körper, die seit unserer ersten ebenso lärmenden wie schmerzhaften Begegnung in Port-au-Prince in der Rue de l'Empereur miteinander in Bewegung sind.

Als es damals in der Stadt bebte, haben unsere Nasenlöcher zweifellos den vielen umherwirbelnden Staub aufgesogen. Wir waren um des Lebens willen auf Todes-Koks. An Amores Seite bestätige ich die Behauptung der Wissenschaft, der Mensch sei ein Tier, vollends. Sie geht auf alle viere, lädt mich dazu ein, Hund mit ihr zu sein, fordert mich dazu auf, ein wildes Stadt-Biest zu sein. Ich nehme ihre Einladung an, als Wissenschaftstier, als kaltes, aber gleich brodelndes Biest. Gib's auf, mit Amore lohnt es sich nicht, sich auszuziehen. Die Lust dringt durch die Kleidung, unsere Ladung springt über die von jeder Unterwäsche gezeichnete Zielgerade hinaus. Amore zieht sich nur zum Schlafen aus. Übrigens gleicht sie einer Ananas. Ein Engelsgesicht, ein Heidenarsch, und saftig ist sie, diese Amore! Ein Mitternachtsgewässer, das jeden bösen Nachgeschmack ertränkt.

Das Tageslicht wiederum zeigt eine meinen Augen völlig fremde Frau. Genau dann aber wird sie zur Rakete mit Ultraschallspaltenritz. Als selbständig umherwirbelnder Kreisel braucht sie mich nicht, weil sie bis zum Schwindel um sich selbst zu drehen versteht. Sie ist eine hosenlose Bombe, ihr Orgasmus ein himmelschreiender Fall, eine bodenlose Entladung. Ich bin ihr auf den Fersen, um diese Donnerflügel- und Blitzfederfahrt mitzumachen. Ganz ohne Sicherheitsgurt. Es geht eine Runde am Rande des Monds entlang, der uns im Licht der frischen Tat ertappt. Wie spät ist es?, sollte man fragen. Es gilt natürlich die Uhrzeit von Amore.

Amore, komm morgen direkt ins Lager. Ich werde dich lieben wie wild, du wirst schon sehen. Du darfst ganz nach Belieben auf und nieder gehen. Komm mich besuchen, die Türen werden offenstehen. Die Glocken werden für dich läuten. Der Seelendoktor wird zugegen sein. Ich habe ihm all meine Notizen rübergereicht. Es wird eine Gruppensitzung mit all den Haitianern geben, die an der Therapie teilnehmen. Du bist mehr als willkommen, denn du bist von Bodenrechts wegen Haitianerin, schließlich hast du im Namen deiner Familie mitgebebt. Du hast für die Straßen von Neapel, für Pompeji, für die Ruinen von Rom und für den Trevi-Brunnen gebebt, in den ich dich einmal hineinwarf wie einen Wunsch und aus dem du herausstiegst wie der Klang einer Münze. Ich warf dich hinein, du stiegst eisern heraus, mit allen Wassern gewaschen.

Du hast für den Westen gebebt, Amore, für die weiße Erzulie*, die so genannte Fréda Dahomey, die dir zum Verwechseln ähn-

* Erzulie: weiblicher Loa, steht für Liebe und Schönheit.

lichsieht. Du bist Kreolin, von Bodenrechts wegen und den Schlägen nach, die auf diesen Tag des Jahres folgten: 12 01 2010. Dein Herz wird Geschichte machen. Weil es sich vom Zeitplan der Nachbeben nicht hat aufhalten lassen. 12 01 2010: eine Codenummer, die einen den Terminkalender und sämtliche Uhren mitsamt allen in ihnen verschlossenen Stunden über Bord und ins karibische Meer werfen lässt. Ein Code, der auf eine großmäulige, selbstgesprächige und zerbrochene Stadt trifft.

Amore, du kannst direkt kommen. Morgen werden die Tore des Aufnahmelagers geöffnet sein, ich lasse die Gruppensitzung fahren. Wozu sich darauf einschießen, von einem Drama zu berichten, das sich im Innern abspielt? Sich gehen lassen, bis einem die Sinne schwinden und man wieder dem Schicksalsdatum anheimfällt. Die Jahre gehen dahin, die Toten bleiben, mit ihren Namen, die sich nicht abnutzen, ihren Augen, die uns weiterhin folgen, ihren Stimmen, die noch aus der Stille zu uns sprechen. Die Bewegung ihrer Lippen ist zu erkennen, die Anstalten, die sie machen, um uns vielleicht noch eine letzte Sache mit auf den Weg zu geben. Der Schrecken darüber, sie zu sehen, macht uns taub. Der Schrecken darüber, sie in unserer Nähe zu spüren, nimmt uns den Atem. Dieses Bild entfremdet uns von uns selbst. Der Schrecken darüber, sie zu Angesicht zu bekommen, bringt unser Herz zum Rasen. In uns bebt es heftig. Der *Goudougoudou* gleicht einem Liebesakt, er macht ein bisschen herzkrank.

[NACHBEBEN]

Ich ergreife ungern als Erster das Wort, aber wenn ich schonmal ausgewählt worden bin, um gegen den Uhrzeiger-Sinn anzuspringen, habe ich wohl keine andere Wahl, als mich dieser Übung zu unterwerfen. Unter diesen Bedingungen ist es schwer, Überbringer einer guten Nachricht zu sein.

Mich hat das Ereignis mitten in der Stadt ereilt, in der Rue de l'Empereur. Ich habe die Häuser einstürzen sehen wie ein Dominospiel, wie ein Kartenspiel, ein lawinenartig vorrückender Todesstoß. Der Himmel hat gezittert. Die Père-Éternel-Lotterie wurde vor meinen Augen verschlungen. Autos krachten im freien Fall ineinander. Streckten alle vier Räder in die Luft. Die Fahrer starben, ohne noch einmal in den Rückspiegel gesehen zu haben. Der Tod als einzige Zukunft. Das Beben wuchs an. Die Rue de l'Empereur hob und senkte sich wie ein entfesseltes Akkordeon. Weltuntergang aus heiserer Kehle. Dabei fand dieses hupenlose Unglück nachmittags statt. An einem der schönsten Nachmittage, die eine Stadt so erleben kann. Ich frage mich immer noch, was die wie ein Eigelb über der Stadt festgezwickte Sonne ausbrütete. Um sechzehn Uhr fünfundfünfzig, zur süßesten Stunde, hatte ich gerade ein paar tausend *Gourdes* beim Père-Eternel-Lotto gewonnen, als die Stunde umgekippte und wie in einer Schale Eisenkrauttee zerfloss. Das erste Opfer war, glaube ich, Oscar, der Lottoverkäufer. Aus Zufall gestorben, weil zur falschen Zeit am falschen Ort. Ein seriöser Typ, einer, der cleane Zahlen verkaufte, eine wirklich ehrliche Haut. Ohne Zweifel hätte er mir meinen kompletten Gewinn ausgezahlt, auf Heller und Pfennig. Doch was hätte ich überhaupt mit diesem ganzen Geld anstellen sollen, jetzt wo das Weltende spitzenausgelastet war? Dienstag, vier Uhr fünfundfünfzig. Die Häuser stürzten, einer rhythmischen Ordnung folgend, um. Blut floss im Entenmarsch-Chor dahin.

Ein Strompfosten saß mir fest im Nacken, ich steckte bis zur Hüfte in den durcheinandergewürfelten Steinblöcken eines in sich zusammengestürzten Hauses, mein Schicksal schien besiegelt. In der Rue de l'Empereur hatte sich in wenigen Minuten eine ganze Woge Blut als roter Teppich ausgelegt. Und plötzlich war, woher auch immer, eine Frau aufgetaucht. Mal hatte sie den Anschein eines Engels, mal den einer Irren. Es war Amore, und sie war es, die mich identifizierte, »ein Überlebender, ein Überlebender«. Dabei hielt ich mich weniger unter den Lebenden auf, als dass ich Teil der Mehrheit war, also derer, die sich bereits auf der anderen Seite befanden. Sie brachte mich zu einem Krankenwagen, wo mir ein Arzt eine Sauerstoffmaske aufsetzte. Es war aber Amores Blick, der mich am Leben hielt, nicht so sehr die Maske (brausender Beifall im Saal).

»Nun übertreibt mal nicht, also wirklich. Danke, schon gut.«

[SACHA]

Als die Erde zu beben begann, saß ich gerade auf dem Pott. Echt peinlich. Ich wohnte in Delmas, neben dem Hotel Imperial. Erst habe ich gar nichts kapiert. Ich hatte ja keine Erfahrung. Für euch war es wahrscheinlich auch das erste Mal, fügt sie hinzu und legt die Beine übereinander. Plötzlich höre ich von nebenan Geheul, Gebrüll, verzweifelte Schreie. Mein Vater. Eine dieser Blechskulpturen hatte ihn voll erwischt. Jetzt werde ich dieses Bild nicht mehr los. Ihr müsst wissen, dass er mich völlig alleine aufgezogen hat. Meine Mutter ging eines Abends, ich war damals gerade einmal sieben Jahre alt. Sie kam nie wieder. Die Skulptur, die die Kehle meines Vaters durchtrennte, hatte meiner Mutter gehört. Es war ihr Fetischobjekt. Ich würde keineswegs behaupten wollen, dass sie damit noch einmal schuldig wurde, merkwürdig aber war das schon. (Sie grübelt eine Weile.) Ich wartete ab, dass es ruhiger wurde, dann eilte ich die Wendeltreppe ins Wohnzimmer hinunter, wo mein Vater in seinem eigenen Blut lag. Noch war er nicht tot. (Sie versinkt wieder in Gedanken, kramt ein Taschentuch aus ihrer Handtasche und wischt sich die Tränen fort.) Mein Vater hauchte sein Leben in meinen Armen aus. Meine Oberschenkel waren voller Blut, meine Hände, überall war Blut. Ich musste an meine Mutter denken, ausgerechnet in diesem tragischen Augenblick fehlte sie mir wie sonst niemand. Papa hatte die Augen noch geöffnet. Ich fasste mir ein Herz und schloss sie. (Sie seufzt.) Dann ging ich zurück ins Bad. (Pause) Hände waschen. Ich nahm mein Schminketui. Legte Rouge auf. Lief wieder die Treppe runter, um Papa mit einem Laken, einem weißen Laken, zuzudecken. Dann riss ich die Tür auf, um rauszukommen, danach kann ich mich an nichts mehr erinnern. Mir geht das immer noch nicht in den Kopf, spricht sie nun direkt zum Psychiater und sieht ihn dabei fast flehentlich an. Was hat mich nur dazu getrieben, in einem Kleid hinauszugehen, das über und über rot war vom Blut meines Vaters? Ich frage mich, was das bedeutet ...

[PALOMA]

Mir fällt auf, dass ihr alle von einem Ereignis sprecht. Ich würde es so aber nicht nennen wollen. Schließlich gibt es keinen einzigen Überlebenden. Wir sind doch alle tot. Dass wir uns noch hier befinden, gleich neben dem Heiligen Stuhl, ist nur ein Zeichen dafür, dass wir vielleicht nicht in der Hölle, sondern im Fegefeuer sind. Unmöglich kann es nach alldem Überlebende geben. Mich jedenfalls hat das Erdbeben erledigt. Meinen Partner und meine zwei Söhne. Bloß den Vater hat es nicht erwischt, diesen Deppen, der kurz nach der Geburt des Jüngsten auf und davon ist. Gut, tot ist tot, sie waren alle auf der Stelle tot. Ich habe zwar dabei zugesehen, doch ich kann mich beim besten Willen nicht daran erinnern, wie das alles abgelaufen ist, wann, wieso, ich kriege es einfach nicht mehr zusammen. Ich bin eine Katastrophe (Schweigen), behalte der Familie zuliebe aber die Fassung. (Sie zieht mit nachdenklicher Miene ein kleines Album aus ihrem Büstenhalter, öffnet es und verstreut Fotos auf dem Boden.) Papito, acht Jahre alt, das ist der Ältere, Romain, fünf Jahre alt, ein kleiner Engel. Links, das ist Patrice, ihr Stiefvater, ist er nicht schön? (Alle starren erschüttert die Fotos an.)

[AMORE]

Ich werde mich kurzfassen. Mir steht es ja eigentlich nicht zu, in diesem Rahmen zu sprechen. Nur meine Beziehung zu Bernard scheint mich dazu zu berechtigen, hier das Wort zu ergreifen.

Ich war gerade einmal sechs Monate im Land. Hatte mich eben an dieses Stück Erde gewöhnt, an seine verborgene Schönheit, seine Großzügigkeit, seine Gastfreundschaft, die so überwältigend ist wie die Berge hier.

Mit meinem Toyota bin ich von einem Ende des Landes zum anderen gegurkt, kreuz und quer. Ich habe das sogenannte Außenland* von innen kennengelernt. Man ist ja nicht hier, um

* »Außenland« übersetzt hier *pays en dehors*, Ausdruck für das ländliche Haiti, die ›abgeschnittene‹ Gegend des Landes.

sich an sich selbst zu laben, wie man so schön sagt, schließlich prahlt auch das Meer nicht damit, salzig zu sein. Ich war bei einer NGO angestellt, die sich im Süden des Landes um die Wasseraufbereitung kümmert. Die NGO nennt sich »La goutte d'Oh«.* Wir arbeiten ausschließlich auf ehrenamtlicher Basis und stehen aktiv für die Emanzipation der Frauen ein. Wie ihr seht, sind wir ausschließlich Frauen, abgesehen von Simone, der Gründerin, die allem Anschein nach transsexuell ist, also ein Mann, der gleich zu Beginn der ersten Hochphase der Schönheitschirurgie auf die Frauenseite gewechselt ist. Wenn man Simone nach dem Grund für den Wechsel fragt, sagt sie, man werde bekanntlich nicht als Frau geboren, sondern, sondern, sondern ... sie ist ziemlich gelassen dabei und setzt meist ein philosophisches Lächeln dazu auf.

Unser Leitsatz bei »La Goutte d'Oh« ist Transparenz. Ein Kampf dagegen, dass ganze Bevölkerungen von der Wasserversorgung abgeschnitten sind, hat ohne klare Regeln keine Chance. Wenn man mit Wasser arbeitet, muss man auf Transparenz setzen, selbst wenn viele Gesellschaften im Trüben fischen, wie man so schön sagt, weil sie mit trockenen Kehlen, mit dem Durst von Menschen handeln. Wir haben uns vorgenommen, diesem Übel ein Ende zu bereiten.

Doch zurück zum Festland: Man hatte mir vorher durchaus gesagt, das Land sei sehr arm, man hatte mir von der verheerenden Unsicherheit berichtet. Umso überraschter war ich, als ich dieses UN-GLAUB-LI-CHE Land sah, mitsamt seinen atemberaubenden Stränden. Mein Tagesablauf war einfach. Tagsüber arbeitete ich gegen den Durst, am späteren Nachmittag ging ich an den Strand. Das war keinesfalls die Hölle. Ganz im Gegenteil bin ich auf paradiesische Ecken gestoßen. Mein erstes Erdbeben schien mir dann eine Art Initiation. Ein paar Freunde sind sogar neidisch, weil es in ihrem langweiligen, eintönigen Leben kein Beben gab, sie sind neidisch, weil sie kein großes Zittern erlebt haben, das sie hätte aufwecken und erwecken können. Mich hat das Beben aus einer großen Sorglosigkeit und Dumpfheit gerissen; meine Eltern zuhause in der Via di Tribunali in Neapel lamentieren, ich

* Anspielung auf *La Goutte d'Oh*, Roman von Raphael Féquière aus dem Jahr 2011.

sei, seitdem mich das Beben aus meinen Stöckelschuhen gekickt hat, völlig entgleist. Sollen sie ihr Alten-Märchen haben. Was ich versichern kann, ist, dass mich dieses Land rundum verwöhnt hat. Verzeihung, ich hatte ja versprochen, mich kurz zu fassen.

[DER BLINDE]

Ich saß gerade ganz friedlich in meinem Hinterhof unter einem Mandelbaum im Viertel Bas-peu-de-chose. Wie alle anderen hier habe ich nichts von alldem kommen sehen. (Irres Gelächter im Raum) Was soll das Gelächter? (Er dreht den Kopf von rechts nach links und von links wieder nach rechts, als suche er die Aufmerksamkeit jedes einzelnen der Anwesenden, jedes einzelnen Gesichts.)

Plötzlich vernehme ich ein Dröhnen, wie von einem aus der Tiefe hinaufziehenden Sturm. Die Erde spielte eine dunkle Symphonie. Sofort war mir klar, dass da etwas gar nicht gut lief, ohne zu wissen, was genau. Mandeln prasselten auf meinen Kopf, ich wurde mordssauer. Im Nu war Schubert bei mir – ich hörte seine Pfoten –, dann aber versenkte er seine Eckzähne in meiner linken Wade. Es gibt nichts Übleres als einen Hund, der sein Herrchen anknurrt. Doch das war heftiger. Schubert biss mich! Bis aufs Blut. Es spritzte und schlackerte wie wild. Ich presste mit der Hand gegen die Wade, während Schubert an meiner Seite kleben blieb. Wegschubsen half nicht, sein Körper regte sich nicht. Ich taste vor mich hin und meine Hände stoßen auf ein riesiges Stück Beton, etwa so groß. (Er macht eine weitausholende Geste.) Ich kapiere, dass das Haus eingestürzt und Schubert erschlagen ist. Armer Hund, er hatte mich warnen wollen, doch der Schreck war so groß, dass es mich zu guter Letzt beißen musste. (Schweigen) Was mich aber am meisten verletzt, was mir unendlich weh tut, wenn ich so höre, wie hier und dort Bilanz gezogen wird, ist, dass niemand an die Tiere denkt. Keine einzige Katze, kein einziger Hund taucht in den Ziffern auf, weder Hunde noch Katzen gelten als Opfer. Nicht ein einziges Wort über die ganzen Haustiere. Ich finde das ungerecht. Beschämend, so wenig Menschlichkeit. Weil ich nun einmal nicht sehe, bleibt mir nichts anderes, als etwas weiter zu blicken ... (Schweigen) Ich habe mein Haus verloren. Im Viertel Bas-peu-de-chose sind viele Leben niedergewalzt worden. Milsoit, mein Nachbar von gegenüber, ist zum Beispiel ums Leben gekommen. Zugegeben, es war ein eher unangenehmer Zeitgenosse, ein Herumlungerer. Und doch redeten plötzlich alle von ihm: »Milsoit, der Makellose. Milsoit, der Fehlerlose.« Über Schuberts Leben aber verlor niemand auch nur einen Ton. Das Beben hat alles niedergewalzt. Schubert war meine zwei Augen. Was für ein außerordentlicher Hund, mein Gott. Was für ein verdammt guter Schäferhund.

[ROMAIN]

Als die Erde zu beben begann, hatte ich das Gefühl, ein Kipplaster würde für eine dieser Bauten, die nie fertigwerden, Steine abladen. Ich war gerade im Viertel Martissant unterwegs, Schuhe kaufen. Der Lärm brach aber nicht ab und wuchs so dermaßen an, dass ich dachte, da schlagen Asteroiden ein. Soweit meine Überlegungen.

Danach ließ ich die Karawane Angsthasen und Heulsusen an mir vorüberziehen. Und nahm meinen Weg in den neuen Schuhen wieder auf.

[DER EVANGELIST]

Mich hat der Orkan in Léogâne erwischt, in der Stadt von Königin Anakaona. Habe ich Orkan gesagt? (Alle bedeuten ihm, er möge fortfahren.) Entschuldigung, ich rede natürlich vom Erdbeben, vom *Goudougoudou*, oder wie auch immer ihr das nennen wollt. Ich finde ja, dass so ein Schrecken überhaupt keinen Namen verdient hat. Also *Goudougoudou*, oder wie auch immer. Es ist ja nicht das erste Mal, dass das Weltende unser Land als Landeplatz auswählt. Wir sind das wahre, auf der Richter-Skala auserwählte Volk. Wenn sich die Erde mit solcher Wucht gegen uns stemmt, wenn sie sich wie ein frisch aus einem Fluss entstiegener Stier schüttelt, dann deswegen, weil sie anfängt auszumisten. Ihr werdet sehen, bald wackelt der ganze Planet. Der Himmel hat den Anpfiff auf Haiti gemacht. Der Ball wurde geworfen. Es wird in Indien beben, in Japan, in Kalifornien, auf den türkischen Inseln. Ganz Italien hat gebebt und wird auch bestimmt wieder beben. Danach wird von der Spreu nur noch der Weizen übrig sein.

Wenn sich die Erde erstmal ausgebebt hat, wird das hier für alle wieder ein einziger Garten Eden, ihr werdet schon noch sehen. Dann gibt's Adam und Eva für alle. Männer und Frauen werden wieder nackt durch den Weltgarten laufen.

Der Psychiater stellt fest, dass der Evangelist keine taugliche Aussage zum Beben gemacht hat. Also stellt er ihm ganz direkt ein paar Fragen.

»Was genau ist bei Ihnen in der Stadt passiert?«

»Meine Geburtsstadt Léogâne hat einen durchschnittlichen Kollaps erlebt.«

»Und Ihre Familie?«

»Ebenso. Ich halte einen Toten pro Familie für völlig normal, das gilt für alle Welt.«

»Und was ist mit Ihnen?«

»Ich bin ein ganz normaler Überlebender.«

[DER ATHEIST]

Ich habe vom Erdbeben gar nichts mitbekommen. Ich war an dem Tag mit zwei Freunden in Kenskoff, hoch über der Stadt. Wir waren gerade dabei, unsere Whiskeyflaschen-Leichen zu zählen, Black Label. Wollten uns über die sechste Flasche hermachen. Und haben so die letzte Posaune gar nicht vernommen. Die Mauer von Jericho haben wir auch nicht einstürzen sehen. Wie der andere da eben gesagt hat, war es ein Tag wie jeder andere. Ein normaler Tag, der von nun an verfälscht sein wird, weil dieser arme Dienstag bis ans Ende der Tage als Gedenktag im Kalender stehen wird. Als Tag, der Opfer des Irrsinns dieser Menschen wurde, die nicht in der Lage sind, ordentlich zu bauen, ordentlich zu reden, ordentlich zu leben, ordentlich zu denken, ordentlich zu vögeln, ordentlich zu trinken. Es kann doch nicht angehen, dass man gerade einen Cowboy-Trunk zu sich nimmt und dann von einem Erdbeben erwischt wird. Das gibt's doch nicht, das macht doch überhaupt keinen Sinn. Als könne man behaupten, der Heilige Geist oder der Teufel suche einen heim. So ein Quatsch. Meine zwei Freunde und ich waren also dabei, uns wunderbar zu amüsieren, »Wenn ich einmal der Herrgott wär« zu singen, unsere Liebschaften aufzuzählen und zu überlegen, wen wir am Abend wohl heiraten könnten, will sagen, mit wem wir anbändeln könnten, wie man so schön sagt. Wir waren wirklich auf der Höhe, meine zwei Freunde und ich. Schwebten nur so vor uns hin. Verloren uns im Alkoholdunst, wie meine Frau mir immer so gerne vorwirft. Da sie selbst nicht trinkt, wirklich rein gar nichts, hört sie mit den Vorwürfen gar nicht mehr auf. Behaupte ich zum Beispiel, das Erdbeben habe nicht stattgefunden, wirft sie mir vor, ich sei ein Atheist, der seine Seele an die Flasche verloren hat. Früher habe ich mich noch damit zufriedengegeben, den gottverdammten Teufel und den lieben Gott einfach zu leugnen. Da der Atheismus in ihren Augen eine in Europa ziemlich attraktive, allseits beliebte Modeerscheinung geworden ist, hat sie das hingenommen. Seit einiger Zeit findet sie aber, ich würde doch über die Stränge schlagen, ich sei richtig tief gefallen, sagt sie, und zwar nicht nur der reinen, knallharten Alkoholsucht anheimgefallen, sondern überhaupt völlig abgesoffen, in einen gegen mein Volk gerichteten Revisionismus abgefallen. Manchmal sehe ich sie weinen. Dann suche ich schweren Herzens Trost beim Universalspruch der Trinker und ihrer heiligsten Waffe: »Sag niemals nie!«

[ALFREDO]

Wir sind ja nicht vor Gericht, trotzdem rede ich mal von einem kleinen Verdacht, den ich habe. Vielleicht ist es auch eher eine Art Gefühl. Es ist über vierzig Jahr her, dass ich geboren wurde; ich lebe unter der Sonne, die auf dieses Land scheint, doch niemals, so wahr ich hier stehe, ist mir ein Blinder in Begleitung eines Hundes unter die Augen gekommen. Ich weiß nicht, ob es hier irgendjemanden gibt, der jemals einen Blinden mit einem Hund hat vorbeilaufen sehen. Ich habe den Verdacht, Monsieur wärmt uns hier gerade Szenen aus einem Hollywoodstreifen auf. Nur weil der Herr blind ist, muss man doch nicht gleich diese ganzen Krokodilstränen schlucken, und dazu noch die ganzen mit dem Blindenstock zusammengetasteten Lügen. Was ist das Gerede von diesem Schubert denn für ein hundsordinärer Unsinn?

Wir reden gerade vom Tod eines ganzen Volks und Monsieur sieht die eigene Hand nicht vor Augen. Er gestattet es sich sogar, über seinen Hund zu heulen. Ich glaube, ich träume! Was ist denn das für eine Welt? Ich habe meine ganze Familie bei diesem Ereignis verloren und der blinde Herr hier hat die Weisheit mit Löffeln gefressen, nimmt uns damit aber nur auf die Schippe. Er spielt uns Schubert vor, während die Stadt vor sich hin schluchzt, vor sich hinstirbt, ihr die Zunge aus dem Maul hängt. Monsieur kaut uns das Ohr ab mit seiner Schoßhundstory! Sagt mal, wo leben wir eigentlich? Monsieur kratzt das Eigentliche gar nicht, aber bitte, wenn es euch kratzt, kratzt euch! Klar, wenn man Filzläuse hat, hilft Kratzen immer. Man sollte aber alleine kratzen und niemanden damit behelligen. Übrigens ist die Filzlaus auch ein Schoßtier, ehrlich, die Filzlaus ist eine tolle Begleitung.

[DER PSYCHIATER]

Jeder Bericht hat seine Berechtigung. Von dem Moment an, in dem die Sache erlebt wurde, braucht sie keine Bestätigung. Wenn sie erlebt wurde, braucht sie kein Echtheitszertifikat. Unsere Körper sprechen für sich. Es gibt keinen Grund, das Beben des anderen in Frage zu stellen. Es passt nicht zu den derzeitigen Gegebenheiten, nicht offen zu sein, Intoleranz führt zu Chaos, Unverständnis und Streit. Fehlende Offenheit ist die Kindheit des Turms zu Babel. Wir bauen so nur unser eigenes Gefängnis, verkriechen uns hinter den Gitterstäben unserer je eigenen Wahrheit und sehen uns dann aus der Senkrechten die Wirklichkeit hinter diesen Stäben an. Unter solchen Umständen zerkratzt der Horizont wie eine alte Platte, und die Erde dreht sich nicht mehr für alle Welt auf die gleiche Weise.

Wenn der Herr, der eben gesprochen hat, kein anständiger Mensch wäre (er wendet sich dem Blinden zu), hätte er wiederum Alfredo angehen können. Wenn jeder anfängt zu urteilen und an jeder Geschichte den Haken sucht, dann hilft das ganze Zuhören nichts, dann können wir es gleich ganz sein lassen! Jede Geschichte, die in einen Körper abtaucht, wird unausweichlich zur Fiktion. Wenn wir anfangen, die Fiktion des anderen in Zweifel zu ziehen, dann zweifeln wir am Zauber des Lebens selbst. (Hörbarer Unmut .... ein Teil der Anwesenden ist überhaupt nicht mit dem Psychiater einverstanden. Sie wollen einfach nur aus der Anstalt raus, um nicht verrückt zu werden.)

[DER GUERILLERO]

Haiti bekommt jetzt ausgiebigen Krankenbesuch. Einige sind gekommen, um den Kranken aufzumuntern, um Unterstützung zu bieten, bis er sich wieder berappelt. Ein paar andere sind gekommen, der Sterbenden dabei zu assistieren, friedlich die Augenlider zu schließen.

Ein Intellektueller, ehemaliger Kumpel des Che, fordert, Haiti solle »Schutzbefohlener der Menschheit« werden. Da die Revolution aber ausgeblieben ist, hört niemand auf den Guerillero.

[HILFS-STAMMBAUM]

Die Kingkongs* kennen das Land nur zu gut, sie finden sich unter den Einflussreichsten des Sternenfelds, dem mächtigsten Feld des Planeten. Man sollte das Kingkong-Männchen mit dem Wiederaufbau der Erneuerung Haitis und des haitianischen Frühlings betrauen. Das Kingkong-Weibchen kann ihm in der Zwischenzeit aus dem Hintergrund den Rücken freihalten und vor allem den

* Gemeint ist die Familie Clinton.

amerikanischen Traum nicht verpfuschen, Amerika in seiner Funktion als erstes Dschungelweibchen neu zu entdecken.

Als Beauftragter des ersten aller Schwarzen, der es an die Spitze der ersten Nation unter den Sternen geschafft hat, unternimmt Kingkong mehrere Reisen in das Land der Berge. Da er hier früher ein und ausging, unterhält er noch hervorragende Kontakte in die Geschäftswelt und die fiebernde Zivilgesellschaft, kennt Honoratioren und Geistliche. Außerdem ist das politische Tier, eingeschlossen sein Weibchen, gut im Improvisieren, denn es weiß, wie es läuft und an welchen Drähten gezogen werden muss. Es spielt eine ganz große Rolle als Königsmacher und wird bestimmt einen Karnevalskönig auf den Thron heben und ihn darauf rumtanzen lassen.

Kingkong, der Herr des Dschungels und des Worts, streicht den über die Inseln hereinfallenden Investoren Honig ums Maul. Er wird sie haufenweise dazu einladen, die Herausforderung nach dem großen Beben anzugehen, das Land wiederaufzubauen, die Hoffnung in ein wahres, erdbebensicheres Wunder zu verwandeln.

Die erste Nation unter den Sternen, die das Leadership der regengleich hereinprasselnden Hilfe übernimmt. Haiti wird dem großen Konzert, dem Spaghettigericht der Nationen, Regen und schönes Wetter gleichzeitig bescheren. Hier ein paar Milliarden versprochen, da ein paar Milliarden. Zum ersten Mal überhaupt haben die Haitianer den Geruch von Geld wahrgenommen, der die Luft zusammen mit dem Leichengestank erfüllt. Jedes Trümmerstück, jedes eingebrochene Leben versprach Milliardengewinne. Das Volk aber wartete nicht darauf, dass diese Versprechen eingehalten würden, um seine Toten zu begraben. Massengräber waren gewöhnlich geworden und alle Welt hatte begriffen, dass der Schmerz unbeschreibbar war. Unbezifferbar.

[NEU-GRÜNDUNG]

Shell ist der Treibstoff des Lebens der Kingkongs, ihr Augapfel. In der Kingkong Foundation brennen die Besucher auf dem Flur für Shell. Shell ist ein Synthese-Ass, zeigt unter den widrigsten

Umständen noch ein offenes Herz. Shell ist ein Vorbild in Sachen Geist und Gefühl.

Sie hat sich fest vorgenommen, einen kurzen Überblick über die Projekte zu geben, die ihr Vater im Land von Toussaint Louverture so durchgeführt hat. Ihre Reise bringt sie in ein Krankenzentrum, in dem sie anlässlich des fünften Jahrestags des Bebens grob Bilanz darüber zieht, was die Stiftung geleistet hat. Vor einem recht aufgekratzten Publikum beglückwünscht sich Shell selbst, lobt das großzügige Klinikzentrum: »Diese hervorragend ausgestattete Einrichtung haben wir der Kingkong-Stiftung zu verdanken.« Anhaltender Applaus im Saal.

Jetzt hat der Leiter des Klinikzentrums das Wort. Er rückt sich die Brille zurecht, dankt der Tochter der Kingkongs, den Weg bis hierher auf sich genommen zu haben. In der Tat hat Shell Energie verbrannt und verbraucht, um bis in die Region des Plateau Central zu gelangen. Der Leiter hält einen Moment des Schweigens ein, dann holt er Luft und rückt seine Brille zurecht, als müsse er den Blick justieren. Hinter den Brillengläsern und der großen schwarzen Fassung rollen die Augen wie Kugeln hin und her. Ein Engel huscht vorbei. Die Stunde der Wahrheit hat geschlagen. Der Leiter erklärt, er habe niemals einen Cent, ja keinen einzigen Klimpergroschen der Kingkong-Stiftung für die Errichtung des Zentrums erhalten. Beschämtes Schweigen, die Stimmung im Saal ist angespannt.

Im selben Moment stellt Shell fest, dass die Maschine streikt, Herz oder Motor, eine Panne, die Amerika in seinen Grundfesten zu erschüttern droht. Denn ein bloßer Schmetterlingsflügelschlag ist in der Lage, ein Erdbeben in Chile auszulösen. Das Problem der Welt betrifft alle Welt.

Wutentbrannt wendet sich Shell nun persönlich an die Kingkongs. Ein echter Schlamassel sei diese Mission, eine Maskerade, jault sie. Das Wiederaufbauprojekt, eine einzige Farce! Doch Schwamm drüber, einerlei, das Ganze ist ohnehin reine Plünderei und die harte Hand bereit, das gesamte von den Seraphim hinabgeworfene Himmelsbrot abzufangen wie ein Kran. Das äußerst geschickt in Spendernetze geworfene Himmelsbrot. Die Hand, die gibt, die Hand, die waltet, die Hand, die aushöhlt, die Hand, die nimmt. Ein Spenderfinger. Bar Kralle. Auf die Hand. Haargenaue Gabe, Aug in Aug. Hand in Hand.

Das auf der Richterskala auserwählte Volk hat keine Sekunde lang erwartet, dass die Kinkongs es wie Makaken* behandeln.

[AUF DER HÖHE]

Die Erde hat linkerseits gebebt. Die Erde hat rechterseits gebebt. Ihr Zentrum fliegt in die Luft. Steine werden in alle Richtungen geschleudert. Science-Fiction-Fans halten das Ganze für einen Asteroidenregen. Das Kapitel des Todes steht an. Geschichte ist überflüssig geworden. Und zu unglaubwürdig für ein Land, das die Wut von Orkanen in- und auswendig kennt. Dass sich diese Art von Unheil, das sonst eher in Japan oder anderen Erdbeben-Orten stattfindet, hier abspielen könnte, hat sich allerdings niemand ausgemalt. Wirklich niemand, weder die weißmagischen Hohenpriester noch die Loa-Geister des Voodoo. Und in eben diesem epischen Moment behauptet eine Mutter, die gerade ihre einzige Tochter verloren hat, das Ganze sei ein Missverständnis. Sie beschuldigt weder den Himmel, noch wirft sie der Wahnsinns-Menschheit irgendetwas vor. Sie beharrt nur einfach darauf, dass alles ein großes Missverständnis ist. Die Erde hat linkerseits gebebt. Die Erde hat rechterseits gebebt. Der Unglücksvater hat gesprochen. Niemand weiß, wo ihm der Kopf steht. Der Nationalpalast, der Justizpalast und die Kathedrale liegen am Boden, ganz zu schweigen von den ganzen Ministerien und Ämtern. Die Stadt ist zwar geköpft, brüllt aber noch aus voller Kehle, als wolle sie sich selbst beweisen, dass sie in der Lage ist, sich aufzurappeln und mit ihren Menstruationsschüben auf der Höhe der Menschen zu sein.

* Die Bezeichnung *macaque* ist in Haiti eine schwere Beleidigung.

Das Leben zeigt sich nie für alle von seiner rosaroten Seite. Eben hat eine Riesenkatastrophe einem Volk sein blaues Wunder beschert. Eigentümlicherweise tritt genau in dem Moment ein weiteres Tier in die politische Manege, um Farbe zu zeigen.

Der Sänger Sweet Mimi*, geistiger Sohn von Roi Coupé**, hat entschieden, sich für die nächste Präsidentschaftswahl zu stellen, wenn schon nicht als Kandidat für die nächste Karnevals-Maskerade. Im Gegensatz zu seinen Vorgängern will Sweet Mimi weder Pferd noch Ameise in diesem riesigen Ameisenhügel sein. Noch Gockel oder Perlhuhn. Auch auf Katze oder Tiger hat Sweet Mimi keinen Bock.

Noch nie hat dieser Mann, Sweet genannt, im Tierregister mitgespielt. Dabei hat er Baby Doc so liebgehabt, also den Sohn, den Papa Doc als Tiger bezeichnete. Nicht von ungefähr brüllt das Sprichwort, dass man auch das Tigerjunge besser nicht am Schwanz anpackt.

Gockelgleich, ja wie ein echter Qualitätsgockel hätte er sich in den Kampf stürzen können. Denn selbst wenn er nicht beim Kleinvieh des Elendsviertel-Väterchens, des ehemaligen Priesterpräsidenten, mitmischt, so hört er doch nicht auf, ein Großmaul-Gockel zu sein. Allzeit bereit für ein Kikeriki, schnappt er wie ein echter Kampfhahn über und schlägt sich dann noch als »legaler Bandit« herum, wie er sich selbst so gerne nennt.

Als Kandidat wird er weder Monster noch Engel sein. Sondern dem Volk symbolträchtig eine Farbe vor Augen halten, um nicht zu sagen entgegenschwenken. Und zwar die Farbe Rosarot.

Als der legale Bandit, dieser kolossale Karnevalsanimateur, zum Präsidenten gewählt war, schien sein Sieg vielen Menschen ein Hoffnungsfunke. Als könne endlich ein anderes Leben aufblühen. Doch von wegen. Wer auch immer sie trägt, die Rose nimmt einem die Sicht. »Wenn es darum geht, seine Schafe zu retten, wird

* Gemeint ist Michel Martelly, Präsident Haitis 2011–2016, zuvor als Karnevalsmusiker unter dem Namen Sweet Micky bekannt.

** Coupé Cloué, genannt Roi Coupé (1925–1998), haitianischer Sänger.

der liebe Gott gerne mal zum Wolf«, behaupten die in einsamer Steppe predigenden Schäfer. Schon waren die legalen Banditen losgezogen, das Rosenstündlein war gekommen. Das Elend ist schwärzer als bitterer, in düsterer Nacht verschütteter Kaffee.

Die legalen Banditen schwärmen auf die Straße aus. Sie ziehen los und nehmen mit, was nicht niet- und nagelfest ist. Als Aasfresser entpuppt, nehmen sie ihr Mahl völlig ungeniert auf den Schultern der prometheischen Stadt ein. Derweil die Schafe unter den Zelten in Gottes Namen keinen Schutz mehr finden, weder vor der Sonne, noch vorm Regen Gottes, noch vor der Kälte.

Jetzt geht alles ziemlich schnell den Bach runter. Zwar sind die legalen Banditen keine Chirurgen, mit dem Skalpell ziehen sie aber trotzdem umher. Eben noch hat die Rose geblüht; schon sind die Schafe ihr Fell los. Verstörter denn je, wissen sie nicht mehr, an welchen Wolf, an welchen Tiger sie sich halten sollen.

Noch versteifen sich einige darauf, das Leben in Rosarot zu besingen. Doch nur einen Grabsteinwurf weit entfernt spielt ganz andere Musik.

[EIN FLÜGELSCHLAG]

Die Exilierten, die in Massen vor Papa Docs Schreckens-Diktatur flohen, kapieren das alles nicht. Fassungslos stehen sie den Zahlen gegenüber, die die Zähler der großen Tragödien der Geschichte völlig durchdrehen lassen. Erst der blutrünstige Papa Doc, dann sein Sohn. Beide gehen mit ihren dreißigtausend Opfern als Schlächter der Klasse B durch. Das Beben hat fünfunddreißig Sekunden gebraucht, um ganze dreihunderttausend Leben einzusacken. Dreihunderttausend in einem Rutsch, so lange währt gerade einmal ein Flügelschlag.

[STEINBLUT]

Der haitianische Boden hat gebebt .... *F E D C* ... Die Luft hat im Innern gebebt. Die Voodoo-Geister haben gebebt. Der Nationalpalast ist eingestürzt. Dem Präsidenten hat es die Sprache verschlagen. Nur die Stille ist groß in diesem Karnevalsland, in dem die Berge nach der Vergewaltigung durch die Dezibel schwanger gehen.

Der Justizpalast ist am Boden, die Kathedrale schwimmt im ausgelaugten Blut ihrer Steine. Gott ist mitsamt all seinen Geschöpfen um vier Uhr fünfundfünfzig und ein paar Gequetschten gestorben.

Jesus, Maria und Joseph!

Der gesamte Gesellschaftskörper, das ganze System ist bis auf die Knochen zerbrochen. Gebäude, in denen das Leben tobte, sind bis auf die Körper heruntergewirtschaftet, völlig zerschlagen und in Skelettstücke zerlegt.

[DAS LEBEN BEBT IN DER SCHUBKARRE]

In der Avenue Cristophe werden Körper direkt auf den Boden abgelegt. Erstickte Schreie schwellen unter weißem Laken an. Tosende Tränen hallen durch die Straßen. Ein Mann transportiert einen Kranken in einer Schubkarre. »Ein Arzt, ich brauche einen Arzt, schnell, er ist verletzt, aber er bewegt sich noch!« Er zieht mit dem in der Schubkarre bebenden Leben weiter. Das Gesicht des Verletzten ist zu einer stummen Grimasse verzerrt, er trägt einen breiten Hut, als wolle er sich gleich empfehlen. Ein Passant greift ein, bloß nicht von der Stelle rühren, gleich komme ein Krankenwagen. Der Schubkarrenfahrer gehorcht, stellt die Karre am gewiesenen Platz ab, kann aber nicht aufhören, Vorwürfe auszustoßen und weiter »Hilfe, Hilfe, es ist mein Onkel, er ist Arzt und schwer verletzt!« zu rufen. Dem Notarzt, der anschließend auftaucht, hält er einen Vortrag darüber, dass das Schicksal eines Kollegen Solidarität verlange. Jemand macht ein Zeichen, Schluss mit dem Gejammere, es reicht, schließlich hat alle Welt Ähnliches am Hacken.

Auf beiden Seiten der Straße heulen die Leute. Ein Weltende-Chor. Dem Notarzt sind die Bahren für den Krankentransport ausgegangen. Sofort verkneifen sich die auf den Bürgersteigen

Versammelten die Tränen, eilen wortlos zur Hilfe und hieven mit einem Handgriff den Arzt und die Schubkarre in den Krankenwagen. Das zum Absinken mit Verletzten vollgestopfte Auto bahnt sich seinen Weg durch die aufgelöste Menge. Sie hat Muts genug, der allseits im Einsatz stehenden Ärzteschaft mit letzter Kraft lautstark zu applaudieren.

[EIN TREFFSICHERER TOD]

Für nichts und wieder nichts ist Roland gestorben. Eben noch hatte er sich im Freien gewaschen und dabei Wasser aus einer Zisterne gepumpt. Da er sich aber noch nicht sauber genug fühlte, war er ins Haus zurückgegangen, um im Bad weiter zu duschen. Was war das peinlich, als die Rettungssanitäter ihn unter einem Betonklotz hervorzogen. Geduscht und doch saudreckig. »Das gibt's doch nicht, Roland, diesen Dreckstod hättest du dir wirklich sparen können«, schimpfte Manon, die nun mit haargenau zwanzig Jahren Rolands Witwe war.

Viele Leute sind dem Tod entkommen, weil sie verreist waren. Zum Beispiel Rolands Bruder Maxime. Als der Tod an die Tür klopfte, war Maxime nicht da, also zog der Tod weiter.

[GESCHICHTE EINES UNTERGANGS]

In der Innenstadt heulte alle Welt. Passanten stellten sich einander gegenüber und schrien um die Wette. Zu dieser Masse an Heulenden kamen Missionare aus allen vier Winkeln der Welt angereist, um die Tränen zu nähren. Dazu gab es polyglotte, hochprofessionelle Klageweiber, die in der Lage waren, sich untröstlich auf Spanisch zu geben und an einer Straßenecke heiße Tränen zu vergießen, die sie kurz danach eine Straße weiter in fließendem haitianischen Kreol erneut vergossen. Sie waren außerdem alle bestens ausgestattet mit Fotoapparaten, die jede Darbietung festzuhalten und zu verschönern im Stande waren. Ein hoher Regierungsbeamter wird direkt vor den Nasen der Damen auf den missbräuchlichen Einsatz der Fotoapparate aufmerksam und verbietet den Unfug. Tränen sind schließlich nur vergeudete Wasserstrahlen. Im Grunde, so stellt der Beamte fest, ist das der eigentliche Untergang.

[NOTÄRZTE DER MORGENRÖTE]

In den ersten Stunden haben die Literaten ordentlich mobil gemacht. Richtig gut im Rennen waren sie. Schließlich mussten sie sich damit abfinden, die Ausmaße des Schocks in ihren Schreibheften einzufangen. Einen von ihnen hat der Schock das Leben gekostet, ausgerechnet jenen, dem es am besten gelungen wäre, das Unglück in allen Feinheiten seiner Oberflächengestalt wiederzugeben. Der Geograph Georges* starb im selben Augenblick wie seine Frau Mireille. Friede allen Paaren, die ihre Seele Hand in Hand, als Duo aushauchen.

Während die Wahrheitstotengräber anfingen, vorgefertigte Versionen der Geschichte zum Besten zu geben, an Steuerbord und Backbord Plünderungs- und Vandalismusszenarien entwarfen, entschieden die Schriftgelehrten, in die Bresche zu springen, um dem Ungereimten und den Malfini** unter den Nachrichtensprechern Paroli zu bieten. Die mit Füllfedern Bestückten mussten zum Sprechen Handschuhe anlegen, denn sie trugen eine gleich doppelt schwere, unermesslich leidvolle Last: Sie mussten im Namen der Toten und der Lebenden sprechen, mussten, ohne in Xenophobie abzugleiten, aufzeigen, was in der Geschichte verschwiegen und ausgelassen wurde.

In Unglückszeiten werden Künstler wider Willen zu Notärzten der Morgenröte. Zu Wahrheitsrettern.

* Gemeint ist Georges Anglade, haitianischer Geograph und Schriftsteller. Auf Deutsch erschienen *Und wenn Haiti den USA den Krieg erklärt?* (2007) sowie *Das Lachen Haitis* (2008).

** Die Malfini sind Greifvögel, sie gleichen in etwa den Bussarden.

[DIE DOMINIKANISCHE MUTTER]

In der Nähe einer Brachfläche in Canapé-Vert hat sich eine große Anzahl Familien versammelt und dann geschlossen aufgereiht. Sie wollen vor dem Meer fliehen, das den Sturm- und Schmählosbrechern zufolge dabei ist, die Stadt einzunehmen. Die heftig gesalzene Behauptung, ein Tsunami sei auf dem Weg, macht die Runde. Soldaten der Vereinten Nationen sind in der Stadt unterwegs und verteilen, mit Maschinenpistolen gewappnet, Wasserflaschen. Sie sind der dominikanischen Bevölkerung gefolgt, die am Tag direkt nach dem Beben erschien, um den Opfern zu helfen. Das Foto der dominikanischen Mutter, die als Kindermädchen arbeitet und einem haitianischen Kind, dessen Eltern unter der Last eines Gebäudes zermalmt wurden, die Brust gibt, geht um die ganze Welt.

[DER MARINE]

An Bord eines kackbraunen Jeeps der Marke Wrangler stehen Soldaten wie Sardinen. Hinter ihnen ein Panzer der zivil-militärischen Mission Minukatz*, die seit 2004 für den Fall etwaiger Ausschreitungen vor Ort ist. Ein junger Marine drückt seine Waffe einem uniformierten Kollegen in die Hände und springt waghalsig vom Jeep herunter. Er kann es nicht abwarten, sich unter eine Menge von Schaulustigen zu mischen, die ein paar Heranwachsenden zusehen: Flink wie junge Ziegen rennen diese einem Ball hinterher, der in guten wie in schlechten Zeiten niemals aufhören wird, für alle Welt rund zu sein.

Der Marine zieht einen Fotoapparat aus der Tasche und nähert sich den kleinen Füßen, die dem Ball hinterher sind. Doch inmitten von Schutthaufen und zerstörten Gesichtern lassen sich

* Gemeint ist die MINUSTAH (Mission des Nations Unies pour la stabilisation en Haïti, Stabilisierungsmission der Vereinten Nationen in Haiti); James Noël ändert ihren Namen in »Minuchat«.

die Jungs nicht aus der Ruhe bringen. Sie geben sich weiter ganz dem Spiel hin.

Nun hält der Soldat den Fotoapparat in beiden Händen und versucht, ein Selfie zu machen. Derweil sehen sich zwei Jungs, die nicht älter als zehn sind, tief in die Augen, man könnte fast sagen, von Mann zu Mann. Ein kleiner Haitianer und ein kleiner Franzose. Der Soldat lässt das mit dem Selfie mit ihnen, als er bemerkt, dass die beiden sich gleich ernsthaft in die Haare kriegen. Lieber macht er ein Foto von den Spielern. Doch auch hier kommt der Soldat nicht hinterher, die Jungs sind zu schnell. Den Elan dieser Weltende-Mannschaft zu bannen, ist unmöglich. Auf dem improvisierten Spielfeld ist wirklich was los, auf dem einen wie anderen Feld regnet es Tore. Der Ball bleibt immer noch für alle rund. Und der Soldat der Vereinten Nationen hat endlich sein Selfie, mit dem Torschützenkönig des Tages, einem jungen Mann aus dem Viertel.

[BILATERALE POLITIK]

Der kleine Haitianer macht dem kleinen Franzosen klar, Frankreich sei keineswegs hier, um dem Land aus der Patsche zu helfen. »Frankreich ist ein großes Land, es ist ein Nehmer- und kein Geberland.« Der kleine Franzose erwidert, der liebe Gott werde ihn der ungehörigen Worte wegen strafen, die er eben gegen die älteste Tochter der Kirche ausgesprochen hat.

»Was ist das für eine Geschichte mit der ältesten Tochter der Kirche, ich dachte, Frankeich sei ein laizistisches Land«, kontert der kleine Haitianer.

»Aber wieso behauptest du, die Franzosen nehmen nur und geben nicht?«, hakt der kleine Franzose nach.

»Hör zu, Alter«, antwortet der kleine Haitianer dem kleinen Franzosen, »da kann ich dir gleich mal eine Geschichte erzählen: Ein Amerikaner trifft auf einen Franzosen. Der sucht im Dunkeln nach einem Zehn-Franc-Schein. Der Franzose verbringt über zwei Stunden damit, den verlorenen Schein in der Dunkelheit zu suchen. Er schwitzt und schwitzt. Weil er immer noch nicht auf sein Geld gestoßen ist, bittet er den Amerikaner, ihm eine Fackel zu leihen und ein bisschen Licht in die Sache zu bringen. Der Amerikaner schüttelt den Kopf. Nach ein paar Minuten Bedenkzeit zieht er einen Fünfzig-Dollar-Schein aus der Tasche und zündet diesen mit einem Streichholz an, um Frankreich und den ganzen alten Kontinent zu erleuchten. Der Europäer freut sich riesig, weil er endlich seine zehn Francs entdeckt.«

Der kleine Franzose ist fassungslos. Wieso ist der kleine Haitianer so ungerecht gegenüber seinem Land? Und überhaupt ist die französische Währung nicht der Franc, sondern der Euro.

»Der Franc war aber mal die französische Währung, oder etwa nicht?«

»Das ist der Beweis dafür, dass deine Story nicht greift. Doch Schwamm drüber ... ich bin bereit, dir die Hand zu reichen.«

»Wenn wir Freunde werden wollen, müssen wir hier einen Punkt machen und aufhören, über bilaterale Politik zu sprechen«, argumentiert der kleine Haitianer.

Der kleine Franzose überspielt seine Verwunderung nicht.

»Was hast du denn für eine Ahnung von bilateraler Politik? Ich kenne mich da nur aus, weil mein Papa Professor für Politikwissenschaften am Science Po-Institut in Paris ist.«

Der kleine Haitianer ist treuer Hörer von Radio France Internationale und lässt sich von Dingen, die mit Rasse oder Hautfarbe zu tun haben, nicht weiter beeindrucken. Der kleine Franzose gibt seinem Bedauern Ausdruck und schwört, Hand aufs Herz, er habe keinerlei Absicht, von Farbproblemen zu sprechen.

Darauf schlägt der kleine Haitianer recht entmutigt vor, das Thema sein zu lassen und das Kriegsbeil zu begraben.

Nach dem Zwist geht's zurück zum Fußball, auf das improvisierte Spielfeld, wo alles seinen Anfang nahm. Später ziehen sie Arm in Arm los, wie echte Mannschaftkumpel, im Herzen einen gemeinsamen Traum: Die Welt könnte wie eine Sommersonne dahinhüpfen, wie ein hoffnungspraller Ball wieder aufleben. Die beiden nehmen sich vor, zu einem neuen Spiel unter den Völkern aufzurufen, das ganz ohne Spannungen abläuft und nichts mit bilateraler Politik zu tun hat.

NOTE E

Schmetter... Schmetter... Schmetter... Schmetterling ... Schmetterling ... Schmetter... Schmetter... Schmetter... Sag mal, Papa, du bist der Wind, und, wie ich sehe, auch noch Schmetterling ... Was bist du nun eigentlich? Papa Loko, Papa krazy. Wo hattest du nur grade den Kopp, als es in Pap, in Pap, Pap, Pap... Port-au-Prince und Umgebung grollte? Warst wohl mit Seelenaufstieg befasst, mit diesen massenhaft vielen Körpern, die nicht einmal die Zeit hatten, ihren letzten Atemzug zu tun. Wirklich tot ist, wer den letzten Seufzer hintenrum ausstößt. Der Tod ist echt zum Scheißen. Bleibt der letzte Seufzer stecken, geht's über den Harnweg raus ... Ach, was weiß ich, Scheiße nochmal, es ist doch wirklich zum Verrücktwerden, Papa Loko.

Schön und gut, du bist der Wind, doch unter welcher Maske pfeifst du überhaupt? Und wenn du schon so windig bist: Nennst du dich Nordwind oder gehörst du zu den Passatwinden, Monsun, Alizé, Harmattan? Oder folgst du dem Lass-fahren-Prinzip und bist einfach nur ein Furz? Kurzum, Gegenwind?

Sag schon, Papa, du Schmetterling, in welcher Gegend treibst du gerade deinen Unfug? Welche Farbe trägst du zur Schau? Bist du als Johannisfest-Falter oder als gelber Schmetterling unterwegs? Oder marschierst du als Kandidaten-Versprechen auf? Alle Welt weiß, dass sich deine Worte beim Herumfliegen wie durch Zauber in heiße Luft verwandeln. Deine Scheißworte sind doch nur Blabla, das sich zwischen Landschaft und Laubwerk verteilt.

Schmetter... Schmetter... Schmetterling ... machst du vielleicht einen Wind! Während ich mit dir rede, hast du mir doch schon lang den Rücken zugekehrt, bist ins Flattern geraten, Papa Loko. Such bloß nicht nach Worten. Ich schaue in deine Schmetterlingsaugen, wage mich unter deine Windflügel. Hast du dir zumindest die Mühe gemacht, Agoué die Nachricht zu überbringen? Hast du mitgekriegt, wie die Liebe meinen Namen rief, in einem einzigen Atemstoß? Der Tod in seinen Augen blickte direkt ins Weiß meiner Augen. Oh Papa, nie wird mein Leben sein Klagelied wiederfinden, wenn du Schmetterling mir nicht sagst, welchen

Tod der Kaiser gestorben ist. Aus welchem Grund – ich verstehe, es ist wegen der Seraphim, die auf der anderen Seite der Geschichte stehen –, doch aus welchem Grund haben die Geister und Loas so lautstark geschwiegen? Um zusammen mit uns den Gnadenstoß zu erhalten, ganz ohne Pauken und Trompeten, na sag schon Papa, was hältst du davon?

[BLAUER HIMMEL UM DEN HALS]

Wie spät ist es? Sternstunde. Die Stunde, in der ich punktgenau in Amore bin. Um ihren Fantasien gerecht zu werden. All ihre Gespenster zu verjagen. Und ihre Unterwäsche zu zerreißen. Zuallererst ihren Slip. Ich habe es satt, von den BH-Verschlusshäkchen versklavt zu werden. Genug dieser Qual. Die BHs und diese völlig übergeschnappten Slips, ich zerfleddere sie in tausend Stücke, hier, direkt vor Amores Augen. Mitternachtsliebe hat Mörderaugen.

»Komm schon, Bernard, sag was über meine Füße, sag was über meine Brüste. Gestern habe ich alle Spiegel für dich zerschlagen. Ab jetzt entscheidest allein du darüber, ob ich schön bin. Erzähl mir von deinen Hirngespinsten. Lass uns endlich von gemeinsamen Projekten sprechen, stell dich nicht tot. Manchmal frage ich mich, ob du überhaupt da bist. Seit der Katastrophe tust du, als habe dein Land den Tod monopolisiert. Weißt du überhaupt von meinen Vesuv-Ausbrüchen? Würdest du mich lieben, einen endlosen Sprung in die Finsternis lang?«

»Du spinnst echt, Amore. Dabei wollten sie mich in die Klapse sperren. Es ist Zeit, dass ich nach Hause zurückkehre. Ich warte noch auf ein bisschen Heimweh, dann mach ich 'ne Fliege, dann geht's zurück. Man wird mich am Flughafen Toussaint-Louverture wie einen Helden empfangen, du wirst sehen. Und wenn du schon von meinem Land sprichst: Ich träume davon, dass du weiterhin deine Gutmenschenrolle spielst und den Schutzlosen fliegend zur Hilfe eilst. Danke, dass du mich darauf gebracht hast. Bei der Sache mit den kaputten Spiegeln ist aber Schicht. Ein echter Geniestreich, zugegeben, doch nichts für mich. Ich hab's nicht so mit Fantasien. Um ehrlich zu sein und mathematisch gesprochen, ich habe selbst allerhand Aufgaben und Probleme mit geisterhaften Unbekannten zu lösen. Ich habe einfach zu viele Probleme, die, wie ich selbst dazu sage, auf eine Mathematik mit hoher Erkrankungsrate abonniert sind.«

Spielen wir aber trotzdem dein Spielchen, Amore. Ganz wie du wünschst, vielleicht lenkt mich das ab. Lass uns von Titten reden. Das trifft sich bestens, denn ich habe da selbst ganz feste Vorstellungen; Brüste fallen einfach zu gut. Sie neigen dazu, abzusacken, das ist bekannt, Amore. Brüste lassen sich nicht weiter bitten, sie sehen sich gerne nackt und stramm einem Revolver gegenüber. Damit wären wir bei meiner soldatischen Seite, ich werde zum Maroon. Jetzt will ich mich aber auf dem Gebiet nicht weiter vorwagen. In jedem Fall ist es eine tolle Idee, mir von deinen Fantasien erzählen zu wollen, am besten gleich von der kompletten Serie an Körper-Fantasien, Amore. Im landläufigen Sinn habe ich von Fantasien keine große Ahnung. Aber ich weiß nur zu gut, dass eine fremde Hand auf einem Oberteil immer etwas Umwerfendes hat. Kurz gesagt, Amore, eine Hand, die auf einem Oberteil landet, kippt immer aus den Latschen. Das ist es, was ich vom Hände-Schmetterlingseffekt halte, was ich davon halte, wenn eine Hand sanft auf ein paar Knospen landet.

Meine Geschichten scheinen dir ganz gut zu gefallen, du kleine Perverse, jedenfalls lachst du jetzt lauthals und aus ganzem Herzen. Es tut gut, dich lachen zu hören. Du lachst aus ganzer Kehle, hemmungslos. Hinreißend ist das, ein echtes Rocker-Solo. Was für ein Sound, er steht dir, das schwöre ich dir, du bist Frau, ganz Frau, Flammenfrau, Feuerfrau. Eine völlig freie Frau, mit einem blauen Tuch um den Hals, als hättest du einen Himmel um den Hals. Du liegst in der Luft. Deine kehlige Lust klingt wie Musik. Ich gebe zu, dieses eine Mal liebe ich dein Lachen wirklich.

NOTE F C

Schmetter... Schmetter... Schmetter... Kann eine Stadt ein Verfallsdatum haben? Die Zeit vergeht und schon kriegen wir Falten unter den Augen. Die Stunde verbringt die Zeit damit, zu vergehen, Terminkalender schreiben Geschichte im Vergehen, eine Seite nach der andern wird umgeblättert, ohne dass je auf die Uhr geschaut würde.

Schmetter... Schmetter... Schmetterling ... Sind die Städte über dem Untergang ihrer Helden oder eher am Einknicken ihrer Blumenbunde verwelkt?

Die Tage vergehen, die Jahre laufen zügellos dahin. Was ist aus des Kaisers Pferd geworden? Ist es von Kugeln zersiebt, wie sein illustrer Reiter bei Pont-Rouge?* Unsinn, Schmetterling ... was rede ich da.

Welcher Geist, welcher Loa hat den Kaiser geritten, na sag schon, Papa?

Welcher Gott hat in diesem Großkopf mit den Hufen gestampft? Waren die Hände der Folle Défilé** zu schwach, um das Tempo zu ergreifen und im Angesicht der Geschichte wie eine Stute zu besteigen?

Hopphopp, Schmetterling, Galopp!

[PORNOVIERTEL]

Diese Stadt setzt mir sein Langem zu. Wie eine zerzauste Irre läuft sie durch die Straßen, diese zerklüftete Kabelstadt. Stadt der zerfledderten Hochspannungsnerven. Diese Stadt ohne

* In dem im Norden von Port-au-Prince liegenden Pont-Rouge wurde am 17. Oktober 1806 Jean-Jacques Dessalines, der erste Herrscher des unabhängigen Haiti, der den Titel Kaiser angenommen hatte, ermordet.

** Dedée Bazile, u.a. Folle Defilé (verrückte Défilé) genannt, ist eine von vier Heldinnen der haitianischen Revolution. Sie barg die Leiche des ermordeten Dessalines und beerdigte sie.

Bürgersteige steigt auf Stöckelschuhen über die Welt hinweg. Diese Bordell-Stadt schwingt die Hüften, wackelt mit blauem Arsch, trägt ihre Laser-Brüste zu Stoßzeiten zur Schau. Stadt der roten, der purpurroten Augenlieder. Stadt, die im Dunkeln Blut und schwarzen Kaffee schluckt. Kaputte Stadt. Bizango-Stadt*, die sich aus der Affäre zieht, wenn es am dunkelsten ist. Nichts als niedergeschlagene Schwarze in dieser Stadt. Wie viele Pfeifen noch lange vor der ersten Strophe der schlimmsten aller Katastrophen am Himmelszelt vor sich hinrauchen!

In dieser Stadt, in der die Freunde sich gegenseitig aus purer Kameradschaft umlegen, gibt's das System und das Sonnensystem. Man darf jetzt nur nicht glauben, es sei von Glanz, nur weil von Sonne die Rede ist. In dieser Stadt, in der Freunde sich gegenseitig aus purer Kameradschaft umlegen, muss man schon Teil des Systems sein, um sagen zu können: »Der Staat bin ich.« Denn das Sonnensystem dreht sich nicht, breitet sich nicht vor allen aus. Auf der anderen Seite regelt der private Sektor alles privat; über Kasten, Clans, Klüngel. Die NGOs kümmern sich um den Rest, sie sind mit den tollsten Satelliten-Experten unterwegs, die sich drehen wie der Wind, während das Klima den Wetternachrichten nach aber angeblich milde ist.

Mit Löchern und guten Absichten ist die Stadt gepflastert. Der Staat will die Internationale Hilfe strukturieren, die NGOs aber sind auf diesem Ohr taub. In Folge steigt die Rivalität zwischen den unterschiedlichen Sektoren um eine Stufe. Um in der Entscheidungsfindung weiterzukommen, fragt sich ein hoher Regierungsbeamter, wieso der haitianische Staat sich nicht einfach dazu entschließt, selbst eine Nichtregierungsorganisation zu werden.

Die Stadt schirmt ab. Dabei ist sie meine Sternschnuppenstadt. Und gleichzeitig die Stadt meiner leeren Blätter und ersten Kinoküsse. Ich liebe meine verflixte Stadt, aber sie quält mich. Ich liebe sie nachts wie tags. Ich liebe sie in Schwarzweiß und genauso sehr in Farbe. Ich liebe sie so sehr, dass ich alle Groß-

* Bizango: Mitglieder eines Geheimbunds, die magische Fähigkeiten besitzen und bösen Geistern dienen sollen.

stadtglühbirnen in die Luft jagen könnte, um völlig allein mit ihr auf der Welt zu sein, im Dunkeln. Als echter Pap-Papst der abgekürzten Stadt. Als Papst der verkehrten Gebete. Um so weit weg wie möglich vom Papst in Rom entfernt zu sein und Amores Feuer und Chakren anzünden zu können. Um als Insel allein unter Amores Bauchnabel glimmen zu können.

Rundes bodenloses Loch. Allein in der Stadt als Herr und Gebieter über Straßenkreuzungen waltend in Amores Muschi ein *Ayibobo*-Hallelujah* ausstoßen. Das erste *Ayibobo*-Hallelujah unter den Glocken der Basiliken. In der Liebe sieht man auch nicht besser als im Dunkeln.

Immer schafft es meine verflixte Stadt, mir weh zu tun. Sie entzieht sich mir, meine verflixte Stadt, bleibt aber auf ewig mein verflixtes Flittchen. Sie ist mir überaus fremd, ist aber auf immer das Luder, das mir die Eier verdreht und mich an meinem Gehänge verschlingt. Meine Stadt mit ihren rankeschlanken Grätscheschenkeln ist gar nicht zimperlich. Meine Stadt ist schnittig. Meine Stadt zerreißt. Meine Stadt springt und flattert durch die Luft, sie bumst, ohne Geld dafür zu nehmen. Ja, meine Stadt ist eine kostenlose Hure. Wie eine schlaftrunkene Hündin leckt sie mir auf allen vieren die Lippen. Luderig und lebendig ist meine Stadthündin drauf, und gekommen, um mich in der Ferne zu verfolgen. Im Namen des Vaters und des Sohns und der Heiligen Amore. Was für ein jüngstes Gericht! Möge uns Venus von ihrem Wunderhügel aus schützen.

[ERSTE LIEBE]

Mein erstes Gedicht entstand wie folgt. Und so entstand auch meine erste Liebe. Eine Libelle, eine hochfliegende Eintagsfliege. Die schönste der ganzen Stadt.

* *Ayibobo* ist gewissermaßen das Halleluja im Voodoo.

[ERSTES GEDICHT]

Libelle war die erste, die das Gedicht las und wieder las. Dieses fragile Gedicht mit dem kurzen Titel, kurz wie der Atem der Rue Courte, der Straße, die mit der Kathedrale flirtet, jener, die unter dem heftigen Beben des *Goudougoudou Gourmand* einbrach, des Vielfraß, der ohne jede Erlaubnis der Kirche alle Glocken verschlungen und vergurgelt hat.

Ich legte Libelle also das fragile Gedicht vor. Sie warf einen kurzen Blick darauf und sagte: »Bäh, ich habe noch nie einen Text mit dem Titel Pap gelesen.« Um gleich noch nachzulegen: »Weißt du denn, dass ein Dichter einer ist, der sich zu allererst einmal eine Kugel in den Fuß schießt?«

Zu meinem Gedicht, das in freien Versen durch die Straßen lief, sagte sie nichts. Dafür gab mir Libelle dann im Morgengrauen den Gnadenschuss. Weil sie berechnend war, so auf mich einpolterte, auf meinen Stolz einschlug, wollte ich sie verlassen. Ich nahm mir eine gewisse Zeit dafür, aber die Rechnung ging nicht auf. Am Ende sprach die Libelle ihren Urteilsspruch: »Dass dieses Land im einundzwanzigsten Jahrhundert noch in der Lage wäre, einen weiteren kleinen Coriolan in die Welt zu setzen, das hätte ich mir nicht träumen lassen.«

[LAND MEINER TRÄUME]

Gedemütigt und angespannt wie der Stringtanga, den Libelle an jenem Tag trug, machte ich mich davon. Man verärgert einen Dichter aber nicht ungestraft. In der Tat schwor ich mir, mich niemals wieder auf ein Insekt einzulassen, das so tief fliegt wie eine Libelle, die nach dem Wieso und Warum eines Gedichts fragt oder wissen will, ob der Autor davon wird leben können, ob sein Körper je im Rampenlicht stehen wird. Und ob er genug Brennholz fürs Brotbacken heranschaffen wird, seine Arme zum Teigkneten taugen und um des Himmels und der Erde willen für den Lebensunterhalt werden sorgen können. Versessenheit machte die Libellenflügel bleischwer. Ach, Selbstbestrafung und

Selbstverpuffung! Die Libelle hatte kein Vertrauen, das Ganze einfach laufen zu lassen. Die Leichtigkeit, die man mit dem Zauber eines seidenweichen Flugs in Zusammenhang brachte, fehlte ihr.

Und welchen Sinn hatte es überhaupt, eine Libelle zu begehren, die meinen kleinen kometenhaften Ausdruckswunsch nicht ernstnahm?

Die Zeit verging. Ich wurde flexibler. Alle je von mir eingereichten Texte wurden abgeschmettert, all meine Unternehmungen mündeten ausnahmslos in lautstarkem Misserfolg. Da das Land meiner Träume seit Kindesbeinen an aber das Exil war, fieberte ich dem Moment entgegen, in dem ich aufbrechen und als Held wiederkehren konnte, den Kopf voller Projekte, die Augen von fremden Welten verzerrt und voll.

Andere Leute in den Vierzigern, die aus ähnlichem Holz geschnitzt waren wie ich, nahmen die Form einer Prostata an. Sie waren frustriert darüber, das Land, an das sie über eine Bauchnabelschnur an Händen und Füßen gefesselt waren, nicht verlassen zu können. Es gab keine Arbeit, keinen Ausweg, keine Perspektive, keinerlei Anhaltspunkt. Kein Kompass, keine Roadmap, die sich auf nächtlicher Straße ausrollen ließ. Eine Realität, die so hart war, dass sie sogar einer Graviernadel auf den Sack ging. Im Innersten gekränkt, fingen sie das Trinken an. Denn sie bekamen weder ein Visum noch einen anderen positiven Bescheid von einem dieser Gewinnerländerkonsulate. Kein mit dem Pseudo-Paradies-Siegel ausgezeichnetes Konsulat aus den höheren Gefilden, in denen ganze Seraphimstämme hausen, beachtete sie.

[DIE VERSUCHUNG DES GOUDOUGOUDOU]

Nach all der Zeit, die vergangen ist, trage ich Libelle nichts mehr nach. Sollte ich jedoch noch einmal auf ein Mädchen ihres Schlags treffen, werde ich es mir zweimal überlegen. Die Versuchung, mir mit ihr einen intimen *Goudougoudou* zu liefern, ist groß, aber von nun an spiele ich das Spiel nur mit, um beim Vögeln humanitäre Erfahrungen zu machen.

[SCHMETTERLINGSLAUNE]

Nicht alle Schulkinder der abgelegenen Stadtviertel und abgelegenen Dörfer des Landes kennen ihren Coriolan. Die Geschichte des schwarzen Schmetterlings, der sich noch am Tag der Geburt des Dichters auf dessen Wiege niederließ, kennen sie aber auswendig. Im Nebenzimmer lag der Körper des älteren Bruders wie ein Strich im Kindersarg hingestreckt. Alles, Geburt und Tod, kam bei Familie Ardouin an einem einzigen Tag zusammen. Seitdem gilt das Schicksal der Dichter als besiegelt. Der schwarze Schmetterling hat seinen Flug im Kopfhimmel der Schulkinder angetreten. Die Kalender drehen durch. Die Stunden überlappen und überschlagen sich. Flugzeuge düsen vorüber. In allen vier Horizonten brauen Wolken was zusammen. Und das Land schafft es nicht, sich den Launen des unheilbringenden Schmetterlings anzupassen.

[CHOLERA UND SCHOKOLADE]

G E D C … Das Schlamassel schreitet im Regenrhythmus voran. Das Schlamassel überschwemmt alles, verliert sich in den Mäandern des Rivière Meyer, einem Zufluss des großen Flusses Artibonite. Das Schlamassel rennt, raubt, nimmt sich Raum, geht auf die Piste, um Kompa zu tanzen und sich dann auch noch im Bauchtanz auszuprobieren. Das Schlamassel jagt trockene Fürze durch die Auspuffe der UN-Laster. Der Tod dreht seine Runde. Das Schlamassel läuft wie geschmiert, rast mordsgeschwind dahin.

In diesem Bezirk jenseits des Morne à cabri, einer Gegend, die nichts vom Erdbeben abbekommen hat, steht Meyer vor einer unerhörten Tragödie: der Cholera.

Meyer ist außerdem der Name eines Zuflusses, der weniger als eine Stunde von Canaan entfernt sanft ins Dorf einfließt. Das Flussbett wird von den Anwohnern völlig verwüstet vorgefunden. Denn der Fluss Meyer ist von oben bis unten verseucht. Das Dorf Meyer wird von einer Riesenangst überspült: Angst vor Verseuchung. Denn Cholerabakterien haben von einem Tag auf den anderen den gesamten Fluss Artibonite in Beschlag genommen. Die Bedrohung hat Ausmaße erreicht, die den Verstand übersteigen. Wieder nimmt der Tod das Gelände ein, leckt sich die Lippen, bereit, alles Leben um sich herum zu benetzen. Die Epidemie grassiert mit der Geschwindigkeit eines ins Jenseits mündenden Flusses.

In blitzkurzer Zeit zählt man tausende Opfer. Die Nerven der Behörden liegen blank, sie sind völlig überfordert von dem Phänomen, das den Menschenfamilien an die Galle geht.

Wie soll man vermitteln, dass nur drei Monate nach einem verheerenden Erdbeben der Stärke 7,5 die Cholera ausbricht und ein ganzes Volk über die Eingeweide verunglimpft wie diarrhöische Marionetten? Die Krankenhäuser quellen über von Infizierten. Massenhaft wird Leben verschlungen, die Epidemie windet sich wie eine Boa der Apokalypse durch den großen Fluss Artibonite und macht es sich darin bequem.

Am ersten Tag hören Meyers Kinder, was sie wollen. Begierig träumen sie vom Schokoladenhimmelsbrot, das sich angeblich in Hülle und Fülle vermehrt. Aufgebrachte Eltern erklären, das sei keineswegs eine süße Epidemie, und drohen, allen Unvorsichtigen, die es wagen, Cholera mit Schokolade zu verwechseln, den Hintern zu versohlen. Wer Ohren hat ...

[WIE DER BLEISTIFT EINES ZIVILRICHTERS]

In einer Hütte hat ein junger Mann, Joseph sein Name, die Nacht damit verbracht, in eine Schüssel zu machen. Unvorstellbare Krämpfe haben in nur einer Nacht alles, was er im Laufe seiner dreißig Jahre Existenz je zu sich genommen hat, wieder aus ihm herausgepresst. Am frühen Morgen war er geschafft wie der Bleistift eines Zivilrichters. Der bizarre, aus grauer Materie bestehende und von den grässlichen Krämpfen unterbrochene Durchfall hielt ihn noch drei Tage und drei Nächte lang wach. Im Verlauf der Scheißerei nahm Joseph die Züge eines Alten an und verwandelte sich schließlich in eine leere Hülle. Bis der von Falten überzogene, völlig dehydrierte Körper aufgab. Das

Dorf krümmt sich noch vor Schrecken darüber, als eine kleine Gruppe von nunmehr zwanzig Personen dieselben Symptome aufzuweisen beginnt. Diese waren noch nicht am anderen Ufer angelangt, wo die Ahnen mit Engeln und Seraphim Himmel und Hölle spielen, als auch die Nachbarorte der menschenfressenden Epidemie zum Opfer fallen, die die Eingeweide mitsamt ihrem ganzen Inhalt verschlingt.

[AM UFER DES FLUSSES]

drei kleine Ärsche
am Ufer des Flusses
drei Militärärsche
in kackbrauner Uniform

lassen Hemd und Hose
Unterhose und alles Menschliche fallen
um den Wasserstand in den Augen
der Bauern zu erhöhen

aus dem Brunnen des Jenseits trinkend
knallt die Welt auf den Arsch
seht das drei Ärsche-Lied
der Ärsche die sich erleichtern

drei kleine Ärsche voll
Kack-Cholera-Kügelchen
um den Wasserstand
des Bauerngeheuls zu steigern

[BIS ZUM HALS IM WASSER]

Weil sie sich die Hände zu waschen weigern, empfehlen die Behörden als Vorsichtsmaßnahme, Arme und Unterarme mit Chlorreiniger zu behandeln. Arme und Unterarme!

In den Schulen bläuen die Lehrkräfte den Schülern Verhaltensregeln ein. Höchste Warnstufe: Hände waschen, Clorox gegen Bakterien auftragen, Wasser mit Aquatabs reinigen, Gemüse lange kochen und so die Ausbreitung des Übels eindämmen.

Wie überall spielt sich das große Drama Meyers im Jenseits ab. Um das Schicksal zu beschwören, reden alle von der Dringlichkeit trinkbaren Lebens. Man weiß nicht mehr, aus welcher Quelle, hinter welchem Berg dieses umgekippte, böse umgekippte, also nicht nur nicht pasteurisierte, sondern von Bakterien hoch besiedelte Wasser hervorquillt. Man weiß nicht mehr aus welcher Quelle, hinter welcher Erhebung noch hinter welchen Machenschaften sich dieses fabelhafte Schrecken verbreitende Übel verbirgt.

Der Pfarrer bittet die Dorfbewohner, diese arschige Geschichte augenblicklich hinter sich zu lassen. Er befiehlt Jung und Alt, achtsam zu sein und sich außerdem dem Wachen und Beten zu widmen. In den Schulen sind die Erzieher völlig auf die Hände fixiert. Beenden wir diese lausige Angewohnheit, ständig und für nichts und wieder nichts die Hand an den Mund zu führen.

Die Epidemie liegt in der Luft. Man fängt sie sich beim Dominospiel ein, beim Billard und beim Elfmeterschießen, die Bälle handgemacht aus einem Bündel alter, von Großmutterhänden gestrickter Socken. Man erwischt sie über die Nahrung, beim Fahrradfahren, bei der Saisonarbeit oder zwischen den ambulanten Bläserkapellen auf der Straße. Man kann sie sich einfangen, wenn man den besten Freund die Hand gibt oder, ehe man es sich's versieht, nur kurz den schlimmsten Feind berührt.

Es ist eine Epidemie, die die Gesellschaft spaltet. Da sind die, die gegen die Minukatz sind, die UN-Mission, und die, die für die Cholera sind, für die Importware. Die zwei Lager verständigen sich auf: Stillschweigen, denn in diesem Land, in dem sich ein Berg an den anderen reiht, aber keiner je dem anderen gleicht, ist nur die Stille groß. Als siamesischer Zwilling des Todes ist die Stille die Hauptalliierte der NGOs und der Minukatz.

Nun treffen die Epidemiologen für eine ganz große Untersuchung ein. Das Team besteht aus französischen und haitianischen Experten. Sie haben hinter alle Hügel geschaut und alle Quellen durchsiebt, um den Hergang herauszufiltern und in Raum und Zeit zu dekantieren.

Die Epidemiologen wollen nicht aufgeben, sondern ihre Kompetenz in dieser nie zuvor dagewesenen Angelegenheit, angesichts dieser Leben und Eingeweide verschlingenden Epidemie voll einsetzen. Sie haben ihre Nase dort hineingesteckt, wo Kraft und Macht zusammenlaufen: die Vereinten Nationen. Die gigantische UN-Struktur wird von der Minukatz repräsentiert, die wiederum in Meyer von gut angezogenen Soldaten repräsentiert wird, die gerade aus Nepal angekommen sind.

Bei dieser Mission haben die Epidemiologen bewiesen, dass sie sich aufs Versteckspiel verstehen, denn sie haben die Todeskeime in den Klärgruben der UN-Soldaten ausfindig gemacht.

Die völlig entblößte UNO bestreitet alles und macht auf Opfer. Doch die Proben sind redselig, sprechen für sich. Und die Untersuchungsergebnisse sind eindeutig. Man lässt es jedoch nicht bei einer einmaligen Großtat bewenden, sondern vergleicht noch die hiesigen Bakterien mit denen, die einige Jahre vorher die Cholera in Nepal ausgelöst haben. Ergebnis dieses rückwärtsgewandten Vergleichs: Jacke wie Hose. Rundes bodenloses Loch.

Endlich geben die Einsatzkräfte vor Ort zu, die Soldaten seien ohne vorherigen Test an Land gegangen. Mit geschwollener Brust, Blauhelm-Reisepass, Blauhelm-Koffer, ihrem Riesenkopf und den klotzigen Schuhen. Ungefilterte Arroganz. Ungeprüfte Landung. Ein allen Vorschriften der großen Friedens- und Sicherheitsorganisationen der Welt entgegengesetztes Gebaren, das insgeheim und gemeinsam mit den Behörden vor Ort aus der Perle der Antillen eine in Scheiße schwimmende Insel macht.

Während der Vorfahre der Vereinten Nationen, Christoph Kolumbus, als er in seiner Funktion als erster Besucher der Insel und nach einer ganzen Reihe schöner Bescherungen schließlich auf Amerika stieß, angesichts des Übermaßes an Schönheit der Insel mit seiner Überraschung nicht hinterm Berg gehalten hat. Von seinen Männern, den Untertanen des spanischen Königspaars, umringt, schrie er: Ein Wunder! Was für ein Wunder!

Ein Wunder vor blauen Bergen. Ein Wunder an Saphirflüssen, die sich wie Lendenkurven den lachenden, die Felsen entblößenden Wogen entgegenwerfen.

Die UNO steht also völlig nackt da. Das Land weint, steht bis zum Hals im Wasser. Das Schlamassel liegt in der Luft. Eltern erklären unvorsichtigen Dorfkindern, dass nicht nur die Cholera nichts mit Schokolade zu tun hat, sondern die Epidemie auch noch eine Massenvernichtungswaffe ist.

Die Kinder, die sonst Würfelspiele und danach Vater-Mutter-Kind spielen, erzählen sich jetzt abends am Ufer des Flusses Artibonite Geschichten und Kinderreime im Mondlicht. Hinter den Bergen, in Meyer, ist ein neuer Abzählvers entstanden. Man kennt weder die Zeit seines Entstehens noch den Namen des Autors. Es heißt, es handele sich um die improvisierte Version eines Selbstgesprächs, das in den Trümmern eines Flugzeuges den Kopf verlor. Der mit sich selbst sprach, redete wirr in Zungen, anscheinend mit Schmetterlingen in allen möglichen Farben, die wie wild um seinen Kopf herumschwirrten.

Die neue Weise ist bis zu der Kinderrunde durchgedrungen, die plötzlich verstummt, weil ein Trio Erwachsener auftaucht. Die Kinder nehmen den Refrain mit neuem Schwung wieder auf, als sie feststellen, dass das Trio einfach nur vorüberzieht und Platz auf einem als Bank dienenden Kapokstumpf nimmt. Die drei Schatten unterhalten sich angeregt, ihre Ohren scheinen taub gegenüber dem Refrain, der aus dem Hof des hoch heiteren Monds herunterströmt.

Drei kleine Ärsche nebeneinandergereiht.

D MOL

Schmetter... Schmetter... Schmetter... Schmetterling ... Sag mal, Loko, hast du jemals eine Schmetterlingsbeerdigung erlebt? Oder schaufeln sich die Schmetterlinge ihr Grab in Luftlöcher hinein? Ein Schmetterling deiner Art stirbt doch niemals nur am Wind, oder, Papa?

Du, der du eigentlich die Seiten der Geschichte überfliegen können solltest, hast gleichwohl die Stunde nicht kommen sehen, in der die Uhren völlig entgleisten und epileptisch zu zittern begannen. Sag mal, Papa, welchen Tod ist der Kaiser eigentlich gestorben? Und wo genau liegt Dessalines begraben? Eine Nation, die nicht weiß, wo die Bauchnabelschnur ihrer Papierdrachen und Riesendrachen vergraben liegt, ist dazu verdammt, auf ewig Staub zu kauen und am Ende noch in schwarze Löcher zu niesen.

Sag mal, Papa, hast du gesehen, wie die verrückte Défilé allen Gefahren zum Trotz ankam, um die sterbliche Hülle Dessalines aufzunehmen? Hat dir das Blut des Papa Nr. 1 der Nation wenigstens die Schamesröte ins Gesicht getrieben? Hast du dich im Angesicht der so ungeheuerlich schäbigen Szene mal dazu aufgerappelt, dein Erinnerungsloch zu verlassen? Wann hast du das alles vorausgesehen? Und als du die verrückte Défilé mit dem Kaiser vorbeikommen sahst, warst du da noch Schmetterling oder, ausgerechnet in diesem historischen Moment, bloß ein ortsfarbiges Chamäleon? Fühlst du dich angesichts des Wahnsinns-Muts der Heldin und der Überreste des Kaisers wie ein Heiliger? Ist es überhaupt angebracht, von Heiligsein zu sprechen, bei all dem Blut, das so schwer in die Niederungen des Tatorts Pont-Rouge hinabfließt? Pont-Rouge, sag mal, lässt dich dieser Ortsname nicht erröten?

Der Kaiser verschränkt die Arme vor der Brust. Rote Löcher linkerseits und rechterseits. Sag mal, Loko, wieso versuchst du nicht, zu retten, was noch zu retten ist? Der ermordete oder womöglich sogar vergiftete Kaiser ist noch immer nicht begraben worden.

Wird womöglich ein Schusselschmetterling damit beauftragt, der letzte Bote der Geschichte zu sein und eine Nation aus dem Schlamassel herauszuführen, aus der Unglückszeit heraus, von der Durststrecke weg?

Wirst du dich zum Gedenken in Pont-Rouge einfinden, im letzten Golgotha des Universums? Sag, Papa, welchen Tod ist der Kaiser eigentlich gestorben?

Amore und ich kennen uns besser als irgendjemand sonst mit den Niederungen, dem Höhenschwindel und der Wendigkeit der einfachen Dinge in diesem Bergesland aus. Sie, die so viel umhergekommen ist, so viele Querwege eingeschlagen hat, begreift nun, dass bislang alles nur ein schräger Tanz war, dass sie sich im Kreis gedreht hat, dass ihr Körper sich im Sonnensystem um sich selbst gedreht hat. Ich komme zu demselben Schluss, zur gleichen Schlussfolgerung, was mein eigenes Gerippe angeht, das von Weitem erschnuppert und dann von Raubvögeln aus allen Richtungen fortgetragen wurde. Unnötig, alles zu zerreden, den Kreis vollends zu schließen, um zu kapieren, dass wir uns im Vollspeed und in Wahnsinnszeiten um uns selbst drehen.

In dieser Welt, die auf der Stelle tritt und um den immer selben Punkt kreist, machen Amore und ich uns im Dreh davon. Die Berge um uns herum laden uns eher dazu ein, weiter hinaufzusteigen, als uns auf die Gipfel unserer selbst zu erheben. Den höchsten Punkt erklimmen, um die Ausrichtung der Wolken ins Auge fassen zu können, nachsehen, wo die Stürme ihren Atem herholen, den sich beugenden Horizont betrachten und diesem Haufen verkleideter Vögel zusehen, die lauthals im toten Laub herumgackern. Ein Berg lässt es zu, dass man sich reckt, er ist dafür gemacht, dass sich die guten Seelen in einem Wolkentraum entfalten, als faltenloser, ungewundener Traum, wie ein bestickter Kissenbezug. Das große Buch des Lebens fällt uns aus den Händen, blind schreiben wir über die einfachen Dinge des Lebens, wie die Lieben, die mit ihren Handtellern die scharfen Kanten der Wirklichkeit vor ihrem Blick verbergen. Unfähig, uns aufzurichten, rennen wir bis zur Atemlosigkeit, bis wir den Gipfel erreichen, das Dach der Welt besteigen, von wo aus wir dann losschreien, uns die Schwere aus dem Leib schreien, schreien, als nähme man uns alle unsere Knochen, Schienbeine, Schädel, Schenkel- und Schlüsselbeine, um daraus Flöten zu schnitzen, die dann das System zum Einsturz bringen. Schreien, schreien, als schwenkten wir draußen unsere Lungen wie hoffnungslose Fallschirme herum.

[ANALPHABETISCHER HIMMEL]

Heute ein karger Himmel. Die Vögel sind auf und davon. »Leute, was ist das nur für ein verdammtes Land, sogar die Vögel sind auf und davon ...«, klagt eine Pistazienverkäuferin. »Nicht doch«, erwidert Amore und kauft ihr einen kleinen Becher ab. Amores Freund Sonson, ein Intellektueller und Jäger, geht jedes Wochenende in der Gegend von Morne à cabri auf die Pirsch. Nicht, um Ziegen und Zicklein zu erlegen, sondern um Körbe voller Wildenten einzusammeln. Diese gedankenlosen Tiere (die allerdings bestens in unsere Töpfe passen, wenn sie erst einmal mit feinen Gewürzen, Knoblauch, Salz, Zitrone und Zwiebel und nicht zu vergessen mit einem guten Häppchen Peperoni mariniert sind) kommen haufenweise über die Grenze der Dominikanischen Republik. Vögel sind nicht so wählerisch wie wir Menschenbrüder. Weniger menschlich als andere, lieben wir Mauern und ziehen mit großer Begeisterung Grenzen, schaufeln Gräber und zerhacken Zaun um Zaun Land. Wir stehen darauf, der Erde den Unterbauch auszuschlachten. Manche Spezies reißen sich ein Bein aus, um sie immer wieder von Neuem zu betrachten, doch Krach, wir tun alles dafür, um sie auszuweiden, mit Berechnungen und Machetenschlägen, und sie dann in ein Leichentuch, in einen Flatterflop namens Fahne zu legen.

Die Vögel wiederum ziehen ohne Pass und ohne Visa umher, ach Zauberer, nehmt eure Hüte, die Tauben tauchen schon noch eines schönen Tages unzählig auffliegend auf, wenn ihr die Zukunft nicht in den Funken einer irrgegangenen Kugel lesen wollt, seht her, die Vögel kennen keine Grenzen, ihre Gefiedertheit wird euch an einer Überdosis einfühlsamer und körperlicher Auslegungen sterben lassen, Auslegungen von Dingen, die dahinrollen, sich in den höchsten Sphären entwickeln.

Der Himmel ist ein Analphabet. Kein Vogelflug in der Luft lässt sich nachzeichnen. Höchstens als Hieroglyphe. Die Zauberer kehren ohne Beute heim, da ist kein Zeichen weit und breit, das sich fischen, keine Sternschnuppe, die sich entschlüsseln ließe. Es ist aussichtlos, auch nur die geringste Welle einzufangen, an der sich voraussagen ließe, welcher Wind wehen wird und in welcher

Richtung, ob die Hoffnung jemals als Lied zwischen Fensterläden aufkeimen und wispern wird.

Unser Himmel ist analphabetisch. Vor einigen Jahren allerdings haben Vögel zu Tausenden Striche in ihn hineingezeichnet, Noten darauf gekritzelt, wilde Drehungen darin vollführt und sich im Segelflug gehalten, wie es die Malfini tun. Ja, wirklich, gestern noch hopsten selbst die bunten Sittiche durch das dichte Laub der Mangobäume. In allen vier Horizonten spross es.

Kolibris vermengten sich wie wild mit den üppigen Blättern der Lycheebäume. Dann ließ eine schwarze Wolke den Vorhang fallen. Feiner, schräg niedergehender, scharfer Regen folgte. Man konnte zwischen den Zeilen lesen und später zusehen, wie der Himmel, völlig unangekündigt, wieder aufklarte, klar wie Felswasser wurde. Auch in der Hand des Schicksals konnte man lesen. Es waren andere Zeiten, sie lagen hinter Wolken und Stücken von Wolkenbergen verborgen. Sie gingen dem Cholera-Zwischenfall und der anderen Chose lange voraus.

Das Elend im Land des Kaisers ist nicht schwarz, ganz und gar nicht, es ist nicht schwarz, sondern aus Teer. Von Schwarz zu sprechen, hieße die Nuancen des Abends und der Nacht zu verkennen. Die Misere ist hier teerig, löst Niesreiz aus, heftet sich an deine Haut, zerfrisst dich wie ein modernes Produkt, wie eine chemische Waffe. Hier läuft das Elend barfuß und mit offenem Hemd durch die Unterschichtsviertel, schlägt Wurzeln in Bauchnabeltiefen, wohnt darin und gedeiht wie ein Rinderbandwurm auf dem Land und in den Gemeindebezirken. Als das Himmelsbrot hinabzufallen begann, liefen Unzählige mit aufgerissenem Mund durch die Straßen, und es war kein Gähnen, das sie da gähnten, sondern bloß eine Riesenlebenslust, die sie antrieb, so unbeschwert in seltsame Früchte zu beißen. Die Erde hat uns genug gestraft, es reicht … Mit geschlossenen Augen und offenem Mund, wie Fische in einem immensen Aquarium, heben tausende Menschen den Blick und strecken die Hände nach dem Himmelsbrot aus. Von der vielen Warterei aber werden die Hände ganz taub. Die eben noch geschlossenen Augenlider beginnen zu zweifeln, zu zwinkern und öffnen sich schließlich betrübt. Tränen stehen darin.

Nur die mit dem letzten NGO-Regen eingetroffenen Vögel verstanden die Zeichen. Sie allein wissen, in welche Richtung der Wind sich dreht, und sind in der Lage, das Tischtuch so auszubreiten, dass auch kein Krümel des Himmelsbrots, dieses guten, von oben ins Land der Vogelkönige kommenden Brots, verloren geht. Diese Seraphim sind die eigentlichen Beherrscher des Himmels und der Erde; es sind dieselben, die wissen, wie man einen die Erde ansteuernden Meteoriten zerstört. Nur sie kennen den Liefercode. Das Himmelsbrot ist für sie gemacht ... Da sie eine Menge Schotter haben, geben sie den Familien, die im Besitz eines Hauses oder einer anständigen Wohnung mit Strom- und Wasserversorgung sind, hier und da einen Krumen ab. Die NGOs sprießen wie Pilze aus dem Boden. Immerhin brauchen die ganzen Vögel, die hier landen, ein Nest, ein gut bestelltes Dach über dem Kopf. Die hierzulande eintreffenden Vögel müssen transportiert werden ... in einem für sie zugeschnittenen Schlitten, der die hügeligen Landstriche zu überwinden in der Lage ist, am besten ein Jeep mit Vierradantrieb. Die Haitianer zogen sich stillschweigend zurück, als sie bemerkten, dass hier etwas nicht Abgesprochenes vor sich ging, sich ein leerer Fleck in der Geschichte auftat, das Land hart umkämpft und im Vorhinein darum gefochten worden war. Regeln waren nicht beachtet, beim Spiel gemogelt worden. Doch es gab gar keine Spielregeln in diesem Freiluft-Chaos. Da die Karten im Vorhinein aufgeteilt worden waren, war auch das Volk von Vorhinein besiegt – und nach dem von der Natur gelieferten Dreckskrieg erst recht.

Die Immobilienkosten schnellen in die Höhe. Der Schlafbedarf übersteigt um vieles das Schlafplatzangebot und das Angebot an Plätzen zum Ausruhen, zum Schwimm- und Sonnenbadträumen. Das richtige Haus in der richtigen Lage zu finden, ist gar nicht so einfach in diesem von guten und weniger gut bestellten Hilfsorganisationen so hart umkämpften Raum.

Unter diesen Umständen sitzt das Geld nicht ganz so locker wie der Hosentaschenboden der Bewohner. Vom Dollar erdrückt, gleicht die *Gourde* eher einem zertretenen Falter als einer lokalen Währung.

Zum ersten Mal in der Geschichte haben die NGOs den G-Punkt erreicht. Der Haken an der Sache ist, dass ihre freudeschreiende Lust inmitten dieses großen makabren Balls noch den ganzen Planeten aufwecken wird. Ganz offensichtlich hindert ihr langanhaltender, vom Himmel herabfallender Orgasmus sie daran, Anstand und Diskretion zu wahren.

[EINE BAUCHSPEICHELDRÜSEN-ANGELEGENHEIT]

Die Summe klang kolossal: sieben, acht, neun, zehn Milliarden. Schecks, Banknotenbündel, Bares? Völlig egal. Auf den tränentreibenden Geruch des Todes hat sich der Gestank des Geldes gelegt. Man warte auf »Mama«, heißt es, und meint das moderne Manna, das Himmelsbrot, das früher in Form von Nahrungsmitteln heruntergerieselt kam. Doch die Seraphim im zwanzigsten und einundzwanzigsten Jahrhundert sind nicht großherzig genug, um die Bar zu eröffnen. Das Geld gibt's Cash, in großen Scheinen.

Auf dem Tisch liegt ein ganz großer Batzen. Daneben das Besteck. Messer, Löffel, eine große Silbergabel. Und in der Zeit nur eines Flügelschlags ... Hokuspokus! ... ist der Tisch wie leergefegt. Und das Geld weggefressen.

[LAMOUR IN DER KLEMME]

Fritzner Lamour ist ein lokaler Künstler. Seine Bilder zeigen offene Käfige (Szenen städtischen Lebens, beschauliche Landszenen), luftige, freie Räume und farbige Hahnenkämme. Lamours Lieblingsfiguren sind politische Persönlichkeiten, meist werden sie als Hahn, Henne oder irgendein anderer Vogel dargestellt. Nicht umsonst ist der am meisten bedrohte Ort in diesem merkwürdigen Land der Himmel. Unzählige Kinder laufen mit einer Zwille herum, um die Vögel am Schlafen oder an einem friedlichen Tod zu hindern.

Die Politiker tun nichts anderes. Und das Verhalten der Kinder ist keine Lappalie; immerhin sind sie es, die in Zukunft das Sagen haben. Bestimmt hatte Diktator François Duvalier als Kind auch eine Zwille. Seine Wahlkampagne als Präsidentschaftskandidat stand jedenfalls unter dem Zeichen eines emblematischen Perlhuhns. Über lange Zeit ist das listige Perlhuhn stigmatisiert und gleichzeitig respektiert worden, weil es in Zusammenhang mit Todes-Papa Duvalier stand, also mit dem, der höchstens seinem Schatten begegnen wollte.

Danach war der Hahn an der Reihe. Er war das nächste Opfer des Führerwahnsinns. Der Prediger der Elendsviertel trug seine Hahnenhaftigkeit wie ein Qualitätssiegel vor sich her. Das Land wiederum kapierte nicht, dass es zur Mieze eines Hahnenmanns geworden war. Von einem Kikeriki zum nächsten Kikeriki, vom Regen in die Traufe geratend, verlor der Hahn seine kehlige Pracht und Potenz. Und in diesem merkwürdigen Land malt nur Fritzner das Geflügel mit so unvergleichlicher Liebe und Menschlichkeit. Dabei ging er derartig menschlich vor, dass er eines Tages, wie von einem Viech gestochen, ein majestätisches Perlhuhn zu malen begann. Ti Bobo war das, ein Tonton Macoute*, ein ebenso furchterregender wie berüchtigter Butzenmann der Miliz, dessen Namen man nur auszusprechen musste, schon machten sich anständige Bürger in die Hose. Ein äußerst fesches Perlhuhn in blauem Anzug. Gleiche Farbe, gleiche Textur wie die der Jeans der selbigen Tontons Macoutes und ihrer Damen. An jeder Gürtelseite blitzt eine Pistole. Das Tableau ist dem Maler zufolge dem echten Modell allzu ähnlich, zu getreu. Ti Bobo als echter Perlhuhn-Gockel, wie im Western. Kikeriki in der Sprache des Schreckens. Angesichts der verwirrenden Schönheit des Schreckens bekam es Lamour selbst mit der Angst zu tun. Der Maler tauchte ab, schloss sich vor lauter Furcht, sein Werk könne sich der Hauptfigur offen-

* D.h. ein Angehöriger der *Volontaires de la Sécurité Nationale*, einer Miliz des Duvalier-Regimes, die Uniformen aus blauem Jeansstoff trug. Die volkstümliche Bezeichnung leitet sich von einem Butzemann ab, der unartige Kinder in seinen Sack steckt (eine *macoute* ist eine Umhängetasche, *tonton* bedeutet »Onkelchen«).

baren, zum Arbeiten in einer vom Licht abgeschnittenen Kammer ein. Eine farbenfrohe Vorsichtsmaßnahme des Künstlers, die verhindern sollte, dass Ti Bobo die Rechnung mit dem Tiermaler per Revolverschnabelgehacke begleichen käme.

DIE NOTEN E UND G

Ich werde mit gesenktem Haupt sprechen ... Bück du dich jetzt mal und horch wenn nötig den Boden ab, du wirst schon noch kapieren, was es wirklich heißt, zu sprechen, was es heißt, sich gesenkten Haupts auszudrücken. Eine aus der Tiefe kommende Wissenschaft freizusetzen und aus Magma Bewusstsein zu gewinnen.

Ich weiß, dass du eher hämisch über meine Verrenkungen lachen als mir zuhören wirst. Du könntest meine Schuhe wie eine zweiköpfige Schlange anstarren. Man muss schon blöd sein, blöd wie die eigenen Schuhe, um sich dermaßen in einer so himmelschreienden Blödheit zu suhlen ... Man muss schon dem Geröll eines rosaroten Regimes auf den Leim gegangen sein, um sich dermaßen zu irren. Als habe ein Sturm, ein ganz fauler Wind einem das Hirn völlig weggeblasen.

Schmetter... Schmetter... Schmetter... Schmetterling, man muss schon ab und an genauer hinhören und einen Orientierungspunkt suchen. Wenn dir in der Großstadt der richtige Zeitpunkt und das Ziel flöten gegangen sind, brauchst du wirklich einen Anhaltspunkt. Dafür musst du das hohe Tier aufsuchen. Dort wirst du einen Luxusschlitten vorfinden und ein Haus, groß wie der überschwappende Bauch besagter Persönlichkeit ... Schau das hohe Tier an ... Es heißt, es sei gewählt worden, doch noch nie hat es auch nur einen Finger im Parlament gerührt. Sieh dir den Erwählten an, wie er in den Botschaften herumhängt und katzbuckelt. Schau nur, wie er seinen Buckel durch die NGO trägt. Putzmunter ist er, beschwingt und bestechlich. Er steckt in einem Anzug, einem halb ganovenhaften, halb himmlischen Gewand, sieh, wie er dahinzieht ... Sieh dir seinen Hals genau an, komm aber bloß nicht auf die Idee, ihn zu erdrosseln, *Schmetter Schmetter Schmetter*.

Sieh ihn dir genau an, diesen Hals. Nimm alle deine Kraft zusammen, wachs über dich hinaus, pack das hohe Tier am Kragen. Sei ein Knoten an seinem Kragen. Dein Schicksal ist besiegelt. Sieh an, da bist du ja, vom Schmetterling zur feinen Fliege gemausert.

Und schon wieder fliegst du, ohne auch nur einen Flügel zu rühren ... Das hohe Tier marschiert dahin, atmet, verbiegt sich für dich, ist in diesem Augenblick nichts als dein Sklave.

Was macht das mit dir, jetzt, wo du zum erlauchten Kreis gehörst?

[ÜBERGEPÄCK]

Die Entscheidung wurde in den höchsten Sphären getroffen. Man appelliert an die Seraphim und sämtliche Tempelwächter. Die Balken biegen sich vor so viel Kompetenz, zu viele Bäuche und Bauchredner kleben im Teer des Asphalts fest. Zuviel des Guten. Junge kurzatmige Denker reißen mit ihrer Vorstellungskraft Grund und Mauern der Lehrräume ein. So viele ungenutzte graue Zellen auf einem Haufen fallen einem System definitiv zur Last. Zu viel, ja überschüssiges Wissen ist so etwas wie Übergepäck. Wohin mit diesem nie dagewesenen Übergepäck? Was stellt man damit an, wenn man undeklariertes Erbe nicht einfach auf den Müll kippen kann? Weit und breit gibt es keinen Abladeplatz dafür.

Es kommt zu einem Schwung an Studierenden und Diplomierten. Ein Übermaß an Wissen herrscht, an leerlaufendem Hintergrundwissen. Arbeitslos, abteilungslos. Die Spannung in den Städten steigt um eine Stufe, es wird gestreikt, im Innern grummelt es, ein kleines Loch frisst sich in den Magen. Zähne werden gefletscht, Krallen gewetzt. Die Seraphim beraten sich, untersuchen das Problem von Innen. Die Herren der Welt verdrehen die Augen ohne jeden Mucks. Alles nehmen sie in Augenschein, Aug in Aug mit den Seraphim. Einmütig beschließen sie, den Koffer zu öffnen und uns endlich die Vögel zu schicken.

[FETTE ZEITEN, MAGERE ZEITEN]

Es gibt magere Zeiten. Es gibt fette Zeiten. Es gibt Tage ohne Knete, ohne auch nur einen Heller, mit dem sich auch nur eine Pistazie kaufen ließe. Amore blickt mich tief betroffen an. In ihren Augen dämmert Weltuntergangszärtlichkeit auf.

»Mein armer Teufel, du machst doch ständig Notizen. Denk dran, diese ganzen Geschichtchen eines Tages auch zum Besten zu geben ... Niemand in diesem Land wird vermuten, dass man in einer NGO arbeiten kann und morgens trotzdem mit leeren Taschen, einem Loch im Magen und einer ungedeckten Kreditkarte aufwacht ... Mit leerem Magen aufwachen, nichts zu Beißen haben!«, jammert Amore. »Das nimm mal in deine Scheiß-Notizen auf, Bernard.«

»Nur wenn du mir versprichst, niemals auf Nutte zu machen, wie es die NGO-Kohorte so gern tut. Zu gerne ernähren sie sich von Menschenfleisch. Bekommen Zuwendungen und allerhand Finanzierungen im Namen der Opfer, der Hungrigen ... und greifen dann das Zeug selber ab, reißen sich alles unter den Nagel!«

»Versprochen«, antwortet Amore amüsiert.

»In ein paar Jahren werden die ganzen durch die NGOs geisternden Korinthenkacker an Geldvergiftung sterben, an dem Geld, das von den ganzen in den Massengräbern dahinrottenden Toten besudelt ist. Die erdbebensicheren Waisen wiederum werden Widerstand leisten. Was für ein Traumdenkmal, was für ein wunderbares Vorbild, was für ein Gebilde, was für ein eigens für die Menschheit von Morgen errichtetes Monument.«

Amore grinst.

»Gut, bis dahin hungern die Menschen vor sich hin«, seufzt sie. »Und die Menschheit wird dich wie ein Tigerweibchen verschlingen, hungrig wie sie ist.«

Schon geht Amore auf alle viere, versucht zu brüllen. Dann gähnt sie aber nur.

»Hör auf zu gähnen, ich werde jetzt die Menschheit retten.«

[GUTEN TAG]

Wieder einmal bei Joe, meinem Fischerfreund, der sich mit dem Verkauf von Meeresfrüchten aber nicht begnügt, überquere ich die Rue de l'Empereur. Ich halte ein Taxi an, das mit einem ordentlichen Scheppergeräusch vorfährt. Erschöpft bleibt die Kiste vor mir und meinem auf Kredit gekauften Paket stehen. Der Fahrer, ein Typ mit Verbrechermiene, nickt mir kurz zu. Er steigt aus dem Wagen, hebt die Motorhaube, fängt an, wirr auf jede Metall- oder Plastikerhebung zu klopfen. Dann sprintet er zurück, reißt die Tür auf, wirft sich auf den Sitz, holt Luft und fährt los.

»Das waren die Batterieklemmen«, erklärt er. »Wo soll ich Sie rauslassen?«

»In der Rue Pacot.«

»Ah, ein schönes Viertel. Leben sie schon lange dort?«

»Seit einem Jahr. Mir wird gerade klar, dass es auf den Tag genau ein Jahr ist, seit dem Erdbeben.«

»Ach, was für ein Elend, was für ein Elend«, fährt er fort. »Ich habe auf dem Hügel gewohnt, Canapé-Vert. Der *Goudougoudou* hat mir meine Frau genommen, das Leben von drei meiner vier Kinder geraubt, ohne eine Cousine mit einzurechnen. Zum Glück hat Sandro, der Kleinste, überlebt, er war nicht mal abgestillt. Der Barmherzigkeit sei Dank. Das Beben hat mich in dieser Wanne erwischt, in voller Fahrt. (Pause) Wo waren Sie damals?«

»Ungefähr am gleichen Ort, dort, wo das Taxi gehalten hat, neben der alten Telefongesellschaft, in der Rue de l'Empereur.«

»In der Rue Jean-Jacques Dessalines, wollen Sie sagen?«, als sei hier irgendein Zweifel möglich.

»Wenn Dessalines der Kaiser war, dann Rue Jacques I, wenn Sie wollen.«

»Na hören Sie mal, das ist vielleicht drollig, was Sie da reden.«

Der Fahrer wagt sich nicht weiter auf mein Terrain vor. Ende der Fahrt. Ich zahle fünfzig *Gourdes*, vom Geld, das mir Joe geliehen hat.

»Schönen Tag noch.«

»Ja, machen Sie es gut.«

Das Schepperkonzert verliert sich hinter der kleinen Biegung der Rue Pacot.

[DIE ZWIEBELN]

Ich öffne die Tür, die zum Esszimmer führt. Im Wohnzimmer sind Amores Schritte zu hören. Ich mache gerade Zwiebelomelette.

»Ich habe eine große Entscheidung getroffen«, eröffnet mir Amore ohne Umschweife.

Meine Augen zwiebeln. Ich weiß nicht, ob es die Zwiebeln sind, oder die Ankündigung von Amore. Sie fährt fort:

»Ich bin zu dem Entschluss gekommen, dass ich meine eigene NGO gründen muss. Könntest Du mich vielleicht nach New York begleiten?«

Nach reiflicher Überlegung begreife ich, dass nichts Schlimmes daran ist, ein gutes Gehalt dafür zu bekommen, dass man sich dem widmet, was man gerne tut. Solange es mit Respekt und Anstand ist.

[FUTURISTISCHES LEBEN]

Immer wieder liest man in der Zeitung, das Land sei analphabetisch. Seit jeher weigert sich diese Finten-Insel, dieses irrsinnige Stück Land, auch nur die geringsten Körnchen Bildung in die Mäuler seiner hinter den Bergen lebenden Söhne und Töchter zu streuen, dieser Luder und Mistkerle mit ihrem wiegenden Wildenten-Gang. Kein Körnchen Bildung weit und breit, außer in den Städten, die einen gehörigen Studierendenboom verzeichnen, wo eine Flut an jungen Männern und Frauen mit Tüchern um den Hals die großen und kleineren Universitäten bevölkert. Diese Menge an Köpfen, die in der Stadt herumgaukeln, gurren, denken und sich verausgaben, tja, sie müssen, Herrgott nochmal, alle ernährt werden, es muss Arbeit her für diese mitunter in recht futuristischen, manchmal surrealistischen Bereichen spezialisierten Doktoren, die von ihrer Kanzel aus Mohammed, Gott und Buddha zu stürzen in der Lage sind.

[NOMENKLATUR UND EINZELFALL]

Solade Lafontaine, spezialisiert auf Schneeschmelze ... Zegler seinerseits ist in den exakten, harten Wissenschaften unterwegs. Zola kennt sich mit der Kreuzung von roten und schwarzen, vom Aussterben bedrohten Arten aus. Jean besitzt schwindelerregendes Wissen: Er hat eine Dreitausend-Seiten-Arbeit über eine einzige Spitze der ägyptischen Pyramiden zusammengeschrieben. Bradley befasst sich mit der Entwicklung des Testosteronspiegels bei Nonnen, die die sozialen Netzwerke frequentieren. Die dralle Natacha ist ganz direkt, als Akkordeonspielerin fackelt sie nicht lange und äußert lautstark ihre Liebe zum Menschlichen. Sarah ist Laien-Drachenfliegerin und obendrein Alpenhorn-Expertin. Eine Mission im Land der Berge ist für sie ganz selbstverständlich.

Deborah ist Architektin, hat das Herz am rechten Fleck und gerade ein Seminar zum Ausheben von Latrinen belegt, bei dem die WCs von den Seminarteilnehmern »Direktflug« genannt wurden.

Thierry ist Sommelier, sein Gaumen trügt ihn nie. Was macht ein Thierry in einer eingestürzten Stadt? Nun gut, ist der Wein erst einmal eingeschenkt, muss er auch getrunken werden. Helena Sanchez, eine junge Katalanin, hat leider keinen Beruf, deswegen war es für sie auch einfach, sich den Titel einer vielseitigen Kontaktperson in dieser NGO zuzulegen, der es an Kontakten und Personen mangelt.

Jordan ist Surfer, er segelt und surft wendig umher. Zu Bürozeiten ist er Mediator. Jedes zweite Wochenende organisiert er Orgien mit besten Gewächsen und Zuwächsen. Willkommen in der Arbeitswelt.

Wir sind im Falter-Zeichen des Staubs geboren. *Schmetter... Schmetter... Schmetter...* Weil wir das Gold der Sonne so sehr anstarren, hat uns eine seltsame körperliche Erschöpfung erfasst. Vor lauter Versuchung sind unsere Augen ganz gelb geworden. Seit dem Frühling lachen wir ein gelbes, gezwungenes Lachen und versuchen auch inmitten des Laubfalls noch ein gelbes Lächeln. Gelb ist unsere Zierde, gelb unser Goldsucherkörper, der schon jetzt vom Rost angegriffen und einem fast vollständigen, heftigen Zerfall ergriffen ist.

»Denn Staub bist du und zum Staub kehrst du zurück.«

So lautet das letzte Urteil.

»Gedenke, du bist Staub.«

Hart aber wahr, die Trockenheit des Staubs ... Hast du sie endlich angenommen, sag schon, Schmetterling? Ganze Häuser stürzen im Chor über uns ein. Himmelsteile sind auf uns niedergeprasselt. Blutsregen, zurückgezogene Körper, Fetzen unfertiger Geschichten. Bei dem ganzen Lärm wird mir klar, wie sich die Agonie einer wirklich großen Menschenmenge anhört. Inmitten dieses Magmas an Blut war ich zu Lebzeiten tot. Tot vor lauter Angst, für eine Leiche gehalten zu werden. Dann das Wunder, die Schöne tauchte auf. Ihr Name, Amore. Sie erkannte mich inmitten von zehntausend, fünfzehntausend Menschen. Inmitten all der Zahlen machte sie das Gesicht eines Mannes aus, mitten an diesem biblischen Tag der Auferstehung eines Toten, mitten in der Stadt. Oder sagen wir am Tag der Teilauferstehung. Denn inmitten all der Gerippe war ich das einzige Gerät, das wieder in Gang kam. Der Regen, der auf das Chaos folgte, ließ den vertrauten Geruch nach Erde in meiner Brust aufsteigen.

Zum ersten Mal fühle ich mich lebendig.

Sehr viel mehr gibt es nicht von meinem Leben zu erzählen, Schmetterling, da ist nichts außer dieser großspurigen, verrückten, allein vor sich hinplappernden Stadt. Meine Geschichte hat keinerlei Bedeutung, ich hätte gern nichts zum Verfall der

Leichen und zerquetschten Hunde zu sagen gehabt. Du nervst aber wirklich, Schmetterling, suchst nach dem Haar in der Suppe und bist selbst der Wind, bist Loko, der Verwalter alles Wissens der sichtbaren und unsichtbaren Welt.

»Hier Hienieden-Airlines, die Luftfahrgesellschaft, die tieffliegt,
manchmal tiefer als die Erde.
Du bist der einzige, der es bei lebendigem Leibe
aus diesem Langstreckenflug rausschafft.
Selbstverständlich ist dieser Flug für einen der allerletzte.
Hier Hienieden-Airlines, niemand weiß,
ob das hier ein Flugzeug oder ein Sarg ist.
Wenn du Künstler bist,
reicht es, die Augen zu schließen
und schon bist du an Bord.«

Sag mal, Loko, ist es der Gott der Seraphim, der mir das hier zukommen lässt? Ist das ein Trick, um mich als unglaubwürdigen Träumer abzustempeln, oder sagen wir: als städtischen Alptraumautomaten?

[RASENMÄHER]

Ich halte nicht viel von Déborah. Das weiß sie auch. Sie lacht laut, spricht laut, erzählt immer alles so lauthals. Wenn sie aufkreuzt, dann meistens deswegen, um frei von der Leber zu reden, vom Leder zu ziehen, alles Mögliche und auch noch jeweils die Gegenversion davon zu erzählen, ohne jeglichen Filter, ohne die geringste Hemmung. Sie spricht ohne jedes Tabu von ihren Werken niederer Gerechtigkeit. Mir ist auf Erden keine Frau untergekommen, die ihre Bettgeschichten so sehr ausbreitet wie Déborah. Sie legt alle ihre Abenteuer mit dem Erst- oder Letztbesten dar. Alle Schmetterlinge der Gegend hier haben ihre Blüte angeflogen, bemühen sich aber genauso schnell, wieder mit den Flügeln zu schlagen. Ein Fick, ein Schuss mit Déborah, schon folgt der Abflug. Déborah spricht ganz offen und lauthals darüber, als seien ihre Liebschaften dafür gemacht worden, mit Karacho auf die Bühne gebracht zu werden.

In männlichen Gefilden ist es ja durchaus üblich, seine Großtaten zum Besten zu geben. Und wenn Männer niemanden zum Sprechen finden, dann entscheiden sie sich eben für das Geständnis am Fuße eines Baums. Die Demarkationslinie zwischen den männlichen Gefilden und dem schönen Geschlecht ist da ziemlich deutlich.

Außer bei Déborah, die sich wirklich die Goldene Palme verdient hat, was die Männergefilde angeht und auch, was die Flucht angeht, die die Frauen vor ihr ergreifen. Deborah ist das Gegenteil von Diskretion. Wenn manche Männer sich als Flachleger bezeichnen, dann sei sie eben ein Rasenmäher, erklärt sie. Weil sie nämlich dazu bestimmt sei, den Rasen des Nachbarn zu mähen und anzustarren ... und darauf zugeschnitten, alles abzugrasen, keinen einzigen Halm auszulassen. Ihr Arsch ist ein Adressbuch, ihre Unterhosen lesen sich wie Memoiren. Und wer es hören will, dem legt sie die Sache mit viel Stil dar. Nur ihr Herz ist wohl eine Schutzzone und ausschließlich für Freundinnen wie Amore reserviert.

»Bernard, ich weiß, dass du mich nicht magst, aber lass mich mal ganz offen mit dir reden. Es macht überhaupt keinen Sinn, in diesem perversen System als Freiwilliger unterwegs zu sein. Schau dir nur mal die vielen großen und kleinen Drecksgeschäfte in deinem Land an. Die humanitäre Hilfe ist pure Geschäftemacherei. So leid es mir tut. Ein großer Turm zu Babel, in dem ausschließlich das Geld eine Stimme hat. Ich schwöre dir, dass dieser ganze humanitäre Ameisenhaufen sich immer nur in die Richtung seiner eigenen Interessen bewegt. Die Welt der NGOs und die der Leistungsempfänger sind zwei voneinander getrennte Welten, Bernard. Seitdem man euch mit dem Wort Resilienz benebelt hat, braucht ihr anscheinend gar nichts mehr, nicht einmal was zu essen. Ihr habt euch zu sehr eingerichtet. Im Dreck eingerichtet. Im Chaos. Im Erfahrungshunger. Ah, die Resilienz der Schilfrohr-Schwarzen, die nicht totzukriegen sind! Von nun an ist eure Situation eine Kunst-Performance! Eure Misere gehört wie die Mauern des Bebens, wie die Mauern des eingestürzten Präsidentenpalasts zum Gemeingut der zeitgenössischen Kunst!«

Jetzt hat Déborah mir's aber gegeben. Mir war gar nicht klar, dass sie so tiefgründig sein kann. Sie hat mich gerade mit einem Schlag niedergemacht. Ich bin platt wie ein Sargbrett. Déborah hat mich echt fertiggemacht. Mit weit aufgerissenen Augen sieht sie mich an. Mir war bislang gar nicht aufgefallen, dass sie so lange Wimpern hat. Da steht sie vor mir, völlig unter Strom, wie ein an seine Kernfamilie in New York angeschlossener Rasierapparat. Werde ich der letzte Behaarte sein, der es mit der drallen Déborah aufnimmt?

[DER PASSENDE BERUF]

»Liebste Amo, meinst du wirklich ernst, was du da sagst?«

»Hey, Bernard, verwechselst du mich gerade mit Amore, oder was?«

»Liebste Débo, meinst du wirklich ernst, was du da sagst?«

»Was zum Beispiel?«

»Glaubst du zum Beispiel, dass ich eine NGO werden kann? NGOs sind doch Weißen-Nester, oder etwa nicht?«

»Du willst wissen, ob du das richtige Gesicht für den Job hast? Du müsstest wissen, dass du nicht der erste Schwarze wärst.«

Sie greift nach meiner Hand. Eine heiße Welle durchfährt mich.

»Liebste Amo, meinst du, es gibt Hoffnung für Haiti?«

»Ich bin nicht deine Liebste.«

Déborah sieht mir in die Augen (ich stürze innerlich ab). Ihre Nüstern weiten sich. Mein Atem beschleunigt sich, gesteigertes Leben.

Sie lächelt zwischen zwei Tränen hindurch. Kein Maler hat je solch irre Gesichtsausdrücke festgehalten. Mein Horizont kennt keine Grenzen mehr angesichts des Schönheitsflecks, der über Déborahs Lippen prangt.

»Bedaure, Bernard. Aber ich sehe keinerlei Hoffnung für dein Land.«

Franck sitzt auf einem Stuhl, man sollte meinen, er sei darin zusammengesunken, völlig eingesackt, in einem Rollstuhl, der es ihm erlaubt, sich von einem zum anderen Ende dieses ovalen, über die Stadt blickenden Büros zu bewegen. Unverstellte Sicht. Und rollen tut Franck über Gold und andere Minen. »Mein kleiner Kahlkopf auf Rädern«, nannte ihn Marguerite, diese Bombe auf Beinen, die er eines Abends auf einer von einem Filmstar organisierten Gala kennenlernte, bei der es darum ging, Gelder für die Waisenkinder des verheerenden Tsunamis in Süd-West-Japan zusammenzubekommen. Die Feuer-Frau Marguerite verlosch sechs Monate nach diesem Kennenlernen bei einer Flugzeugexplosion. Schluss mit »Mein kleiner Kahlkopf auf Rädern«. Doch Marguerites Zeit als Zündholz war lichterloh gewesen, wie ein Brand. Friede ihrem Feuer.

Franck liest alles, schaut sich alles an, beobachtet alles, zieht aber angesichts der ungestalten Masse an Informationen, die die Wirklichkeit mit so viel ungeheuerlichen Tagesnachrichten überlagern, die Bilder vor. Die schnörkellose Wirklichkeit. Der Apparat wacht vom Stativ aus souverän über das Büro. Immer wieder dankt Franck dieser scharfsinnigen Erfindung, die seine Meinung über die Welt und Weltsicht zusammenbringt. Natürlich liest sich Franck auch durch die Presse, *of course*, Franck zieht sich die *New York Times* rein, die *Washington Post* und tutti quanti. Sein Lieblingsspruch: »Das Auge des Viehhalters mästet das Tier.« Sein Tier ist die Erde. Die Erde, die sich, durch sein Fernglas betrachtet, wie Zucker unter der Zunge dreht. Die Erde von New York aus betrachtet. Die Erde von seinem ovalen Büro aus betrachtet. In den sozialen Netzwerken ist Franck allwissend und allmächtig. Allerdings nie unter seinem echten Namen. Im familiären Umkreis hört er auf Schmusekater, seine Liebhaberinnen kennen ihn als Persischer Kater. Franck ist ein echter Kumpel, seiner Frau nach ist er ein Frauentyp. Über mehrere unablässig aktive Konten richtet er sein Auge auf den Kosmos. Für Franck arbeiten drei Sekretärinnen, zwei Leibwächter, ein Dobermann, zwei Fahrer, und alles spielt sich hinter verdunkelten Fenstern ab. Um zu Franck zu kommen, muss man einiges auf sich nehmen. Eine drei, vier, fünf, sechs Monate im Voraus getroffene Verabredung ist noch lange keine Schweizer-Uhrmacher-Garantie, aber ein Treffen mit Franck ist ein Treffen mit Franck. Mehr als einer würde sich seinem Dobermann andienen, wäre gern Schuhputzer eines seiner Männer oder einer seiner Sekretärinnen. Nur, um irgendwann einmal in den Genuss seiner Großzügigkeit zu kommen.

[ZITTERPARTIE]

Nick und Jeanne, ein junges Paar unter der Sonne, sind bis zu Franck vorgedrungen. Eine vor mehreren Monden gemachte Bekanntschaft hat ihren alten Kumpel Franck angerufen, damit er die beiden Liebenden auf der Suche nach sich empfängt. Anabelle hat sie empfohlen, wie wir Déborah. Jedem seinen Paten, jedem seine Patin. Nick und Jeanne nehmen Platz. Ihr Vorhaben: eine NGO gründen. Ein Drei-Jahres-Projekt, mit dem der richtige Start ins Berufsleben gemacht und vor allem der kranken Menschheit unter die Arme gegriffen werden soll. Nick und Jeanne ist absolut klar, dass man, um der kranken Menschheit helfen zu können, sich auf einiges einstellen, zurück zum Menschlichen, in den Bereich des Humanitären übertreten muss. Bestimmungsort: ein Land, das von einem schweren Erdbeben völlig verwüstet ist. »Welches Land genau?«, will Franck wissen. »... Tahiti«, sagt Nick. Jeanne lächelt unsicher und berichtigt: »Haiti, nicht Tahiti.« Das junge Paar ist verlegen, doch Franck gibt ihnen ihre Selbstgewissheit zurück, indem er von seiner eigenen Reise nach Tahiti erzählt. Um zu der Schlussfolgerung zu kommen, dass ihm nach bereits drei dort verbrachten Tagen völlig schleierhaft war, was wohl Gauguin dazu getrieben hatte, sich dort herumzutreiben, bis er starb ... »Man muss sich gar kein genaueres Bild machen oder Gauguin sein, um sich ausmalen zu können, wie sehr mich diese Gegend enttäuscht hat ...«, schließt er seinen Bericht ab. Ein Glas Champagner? Das Paar schaut sich an. »Nein«, entfährt es den beiden wie einem vom Rampenlicht geblendeten Duo.

Nick und Jeanne sind noch nicht so richtig auf dem Arbeitsmarkt angekommen, aber hoch engagiert auf diesem rauen Planeten unterwegs. Als Vegetarier kämpfen sie für den Tierschutz. Sie sind Genießer, trinken aber keinen Alkohol; sie gehen gerne aus und feiern gerne, rauchen aber nicht. Nick und Jeanne sind kerngesund und konsumieren in Maßen. Sie essen Bio und lieben sich unter der Dusche. Alles ist absolut clean bei diesen zwei jungen Leuten, die es mühelos geschafft haben, Franck zu beeindrucken. Der nun angefangen hat, ihnen vertrauliche Fragen zu stellen, während die beiden, zwischen Scham und Leichtfertigkeit hin- und hergerissen, Perlen und Wundersames auspacken. Franck verspricht, ihre Mission zu unterstützen. Das Paar bebt vor Freude. Jeanne drückt Nicks Hand. Ihre Hände zeichnen eine Brücke, die Franck mit dem ärmsten Land der nördlichen Hemisphäre verbindet. Das junge Paar ist glücklich. Franck lächelt. Das junge Paar fällt sich in die Arme, Franck zückt die Schecktasche. Man umarmt sich. Franck reicht den Scheck rüber und legt seine Visitenkarte dazu. Franck macht eine Handbewegung, die beiden jungen Leute mögen nun gehen, aber wiederkommen. Eine einzige Geste reicht aus. Franck kennt die Grammatik der Hände auswendig. Eine Geste, um seinen Dobermann herbeizurufen, ein Fingerschnippen, um einen seiner Leibwächter kommen zu lassen. Franck ist weder der erste noch der letzte der Seraphim.

[DIE BIZANGOS DER NEUEN WELT]

Jedem seine eigene Lesart, seine eigene Partitur. Die Verleumdungs- und Sturmlosbrecher verbringen ihre Zeit damit, herumzuspionieren und nach neuen Zielscheiben zu suchen. Sie schwören ausschließlich auf den unheilvollen Ton und reden unzweideutige Dinge, mit denen sie Amore einzuschüchtern versuchen, mit der Ausrede, sie sei Ausländerin. Sie schwören ausschließlich auf den Klang und auf Dezibel-Kilos und halten so die anständigen Helden vom Schlafen ab. Eigentlich aber buckeln sie sich auf meinem Rücken aus, um die Jahrhundertjagd durchzuziehen. Um mir ans Leder zu gehen. Mit Fug und Recht und unter großem Geschrei und Einsatz von Krallen und Mähne wehre ich mich. Schließlich geht es um meine Haut, verdammt nochmal. Anstatt sich zusammenzunehmen, beschuldigen mich diese Pharisäer doch tatsächlich, ich wollte mir einen Löwenanteil aus dem Dschungel der Humanitären Hilfe abgreifen. Sie behaupten, hinter meinen Entschuldigungen steckten Drohungen. Also meinen sie, reagieren und sich verteidigen zu müssen. Dabei wollen mir diese Bizangos aber nur ans Leder. Egal, ob sie bärbeißig drauf sind oder nicht.

Sie wollen an alle Partituren, an die Schattierungen meiner Seele. Sie wollen meine Haut und so ihre Schlagkraft unter Beweis stellen. Sie wollen zuschlagen und nochmal zuschlagen, ihren Menschenschlag auf einer Haut niederprasseln lassen, die sie ausgiebig als Trommel zu benutzen gedenken. Glaubt mir, dass sich die Bizangos der Neuen Welt nach diesem Totentanz nicht deutlicher an mich erinnern werden als an ihr erstes Hemd.

NOTE F

Wie kann ein Schmetterlingsflügelschlag ein Erdbeben in Chile auslösen, während ein anderer Schmetterling, ausgestattet mit einem Paar Flügeln und Windeskraft, es nicht schafft, eine anrückende Schockwelle aufzuhalten?

Wie kann ein so zierlicher Schmetterling mit einem einzigen Flügelschlag ein Beben auslösen in einem Land, das bereits zwei Nobelpreisträger hervorgebracht hat, mehrere kleine Copa-América-Meister nicht zu vergessen? Ein Sternenschmetterling hat die natürliche Pflicht, das Unglück, das viel zu groß ist für ein einziges Menschenleben, zu groß für ein einziges Volk, an einen Kollegen zu vermitteln. Papa, ich kenne das Alter des Windes nicht, ebenso wenig wie ich das ungerade Alter der Loas kenne.

[BLICK AUFS MEER]

Dem Meer gegenübersitzend, suchen Amore und ich nach dem Horizont.

Die Sonne, Schnitz einer Mango der Sorte Baptiste, gibt dem Abendlicht ihren Saft. Ein Wetter, dass uns angesichts der Schönheit der Welt alles verbliebene Wasser im Munde zusammenläuft. Ein Augenblick, in dem sich der Horizont mithilfe von Amores Körpermaß messen lässt. Amore, die Balkon-Frau.

Hohe Schönheit mit Blick aufs Meer. Die Wellen sind ruhig und ersterben zu unseren Füßen wie Schafe zu Ramadan, umspielen uns bis an die Knie. Ein kristallartiges Blau jagt den Sand hin und her auf und verdreht die Sonne, der gar nicht mehr der Sinn danach steht, unterzugehen. Ich küsse Amore in den Nacken. Bedecke auch ihre reifen Schlemmerlippen mit Küssen. Noch bevor die Sonne untergeht, gibt es ordentliche Küsse auf ihre Lider.

An diesem Nachmittag am Meer habe ich tausende Lippen zur Verfügung, um zum Rest der Welt zu sprechen. Tausend Nasen, um den Atem der Dinge zu riechen. Tausend Hände, um Amore gegen den Strich zu streicheln. Tausend Hände, tausend Lippen. Und eine ordentliche Anzahl Zungen für einen Monsterkuss.

[KREBSFISCHER]

»Kennst du den Unterschied zwischen einem Jäger und einem Fischer?«

Sichtbar spöttisch bemüht sich Amore um eine Antwort.

»Der Jäger fischt Vögel, der Fischer jagt Fische ...«

»Du vertauschst ziemlich geschickt die Rollen ... Bist aber meilenweit vom Meer der Antworten entfernt.«

»Ich sag's dir ... Ein Jäger ist jemand, der irgendwo hinkommt, wo er Frauen, viele Frauen erblickt, sich aber als rassiger Jäger nicht von der Masse ablenken lässt. Er wird sein Augenmerk auf eine einzige Frau in der Menge lenken. Da können ihm andere Frauen noch so sehr zuzwinkern, ihn zu verführen und weichzuklopfen versuchen, aussichtslos, der Dreckskerl hat nur Augen für seine eigentliche Beute. Das nennt man einen Jäger. Der Fischer hingegen gehört zu einer anderen Spezies. Er taucht in aller Ruhe auf, wirft das Netz aus. Sämtliche Sirenengesänge und Schwanengesänge gehören ihm.«

»Und du, Amore, in welcher Welt schipperst du so herum?«, will ich wissen.

Amore wird rot. Ein Lächeln zieht über ihre Lippen.

»Ich bin ein Lachs ... Nichts dergleichen also ... Ein Lachs zwischen dem Meer von Capri und dem Karibischen Meer. Und du, Bernard, von welchem Ufer kommt du ... Bist du Jäger ... oder Fischer?«

Ich hatte zwar Amore gefragt, selbst wollte ich mich aber nie festlegen. Ich, Bernard, Sohn von Susanne Bazelais, der Protestantin, und dem Trunkenbold Paul Léandre. Ich, Bernard, der durch ein Wunder Davongekommene, das Wunderfaultier, vor vierzig Kaffeeernten und ein paar Gequetschten in Malpasse geboren. Ich, Bernard, der immer auf der linken Seite schläft (meine politische Neigung ist links), bin immer aufs Neue empört, wenn ich aufwache und plötzlich auf der rechten Seite liege.

»Wahrscheinlich bin ich mal Jäger, mal Fischer. Ein Jäger-Fischer. Eine Spezies, die mit einem Revolver in der Hand ins Wasser springt. Ein Krebsfischer, genau, das bin ich.«

[KREOLISCHER SCHNEE]

Die Kalender drehen durch. Die Stadt steht von Süden nach Norden und von Ost nach West Kopf. Die Sonne reißt die Augen auf, kräuselt die Stirn, und schon steht der nächste Tag ins Haus. Das ist vielleicht eine Sonne. Ein Wunder, das einen erstarren lässt. Die Seiten werden umgeblättert. Die Stunden entgleisen. Bald wird die vergängliche Natur der Zeit Geschichte machen. Trotz der großen Verschränkung der Pole lebt die Stadt weiter wie bisher. Alles beim Alten, wenn nicht dieses Wahnsinnsgestöber wäre. Der Staub gibt sich nicht damit zufrieden, Körnchen um Körnchen in den Himmel Einzug zu halten. Er fällt jetzt Winters wie Sommers in ganzen Flocken. Im Übrigen ist die einzige wahre Jahreszeit in der Stadt weder Sommer noch Winter, sondern der allgegenwärtige Staub mitsamt dem unerträglichen Geruch nach allem, was uns die Erde Gutes spendet. Die wahre Jahreszeit der Stadt ist der Staub. Er gedeiht so sehr, dass man zu denken bereit ist, die Stadt habe ihre Haut oder ihren Mantel auf der anderen Seite gelassen, jenseits des Portail Léogâne, am Rand dieses Nicht-Orts, auf der Bühne des Elends, inmitten unzähligen Mülls.

In der Verschwommenheit der Stadt staffieren sich alle entsprechend aus (Panama-Hut, Sonnenbrille, Siebenmeilenstiefel und so weiter und so fort), nur um sich gegen den Vormarsch des kreolischen Schnees zu schützen.

[DIE UNBEKANNTE X]

Es wird immer heißer. Man fragt sich, was wohl am Nordpol abläuft. Am helllichten Tag wird Trübsal geblasen. In Amerika werden die Schwarzen umgelegt. Die Weißen gehen nach Afrika, Bananen pflanzen, um neue Kraft zu schöpfen und inmitten dieser ganzen Beschleunigung, dieses ganzen Uhrendurcheinanders eine Pause einzulegen. Die Ereignisse überschlagen sich ... natürlich. Übernatürlich.

Sonson, ein meist recht hellsichtiger Freund, schaut auf einen heißen Kaffee bei uns vorbei, um das Neueste aus der Welt zu erfahren. Amore liest sämtliche Zeitungen und ist Sonson zufolge die einzige ihrer Art, die auf diesem Drittel Felsen den *Corriere della Sera* liest.

»Und, wie geht's der Welt so?«, fragt Sonson. Amore schmiegt ihre Lippen an den Rand der Kaffeetasse und zeigt ihr schönstes Lächeln.

»Heute früh ist es um die Welt eigentlich ganz gut bestellt, stellt euch vor ... Berlusconi ist gerade gestorben ...«

Die Nachricht löst einen Schock aus. Niemals hätte ich Amore solche Härte zugetraut. Da, schon kämpft sie gegen ein Lachen an ... Ein Feuerwerk, Geschrei, Amore jauchzt vor Freude...

»Reingelegt, ihr beiden! Berlusconi ist nicht tot, er ist nur gerade abgesetzt worden! Das heißt, er ist abgesetzt worden, aber nicht einmal politisch tot!«

»Und wie geht's deiner Welt, Sonson?«

Sonson reißt die Kaffeekanne an sich und schenkt sich eine zweite Tasse ein.

»Die Welt ist bitter«, bemerkt er mit einem Lächeln. »Deswegen kippe ich so viel Zucker in den Kaffee. Mein Arzt ist schon ganz sauer auf mich ... Er sagt, bei meiner Zuckerkrankheit sei das absoluter Selbstmord. Dabei ist es doch Schwachsinn, gesund zu sterben. Also wird der Kaffee gesüßt. Nur über dieses Scheißland werde ich ganz bitter. Ich glaube zwar an den Voodoo, werde aber die Enttäuschung und die Schwermut darüber nicht los, als Erdling geboren zu sein, und dann auch noch ausgerechnet hier. Ich achte auf Zeichen, versuche, den Puls der Ereignisse zu erfühlen – und fürchte, es steht uns noch einiges bevor. Wenn ihr wollt, können wir das Ganze mal auflisten. Die Sache ist einfach. Nehmen wir mal das Spiel der Elemente. Auf diesem Fleck Erde gab es mehrere Überschwemmungen. Die Stadt Gonaïves, Zentrum der Unabhängigkeit, stand unter Wasser. Wir haben damals die Todestaufe durch das Element WASSER erlebt, oder? Im Jahr 2010 hat uns das Erdbeben, ohne dass wir es herbeigerufen hätten, mit aller Gewalt gebeutelt, Stärke 7,5. Die Haitianer sind zu Experten darin geworden, über das Unglück zu fachsimpeln. Nichts liegt näher, als diese Tragödie mit dem Element ERDE in Verbindung zu bringen. Sind wir uns alle einig? Fahren wir fort.«

Einen Schluck Kaffee. Sonson leckt sich die Lippen.

»Der Süden der Insel hat gerade einen Orkan erlebt, es heißt, es handele sich um unser Hiroshima. In diesem Fall geht es um LUFT, oder?«

Er holt Luft ...

»Was noch? Was fehlt noch?«

Amore schaut ihn aus weit aufgerissenen, funkelnden Augen an.

»Das Element, das fehlt, steht uns noch bevor.«

»Du bist vielleicht ein schräger Vogel, Sonson ... Ein richtiger Schwarzmaler.«

»Dabei spreche ich von nichts anderem als von Zahlen. Die Gleichung ist simpel. Die Unbekannte x ist natürlich das FEUER.«

[GEISTESWISSENSCHAFTEN]

Ich bestehe aber darauf, dass die Hoffnung hier trotz allem riesig ist, Amore. Die Hoffnung greift um sich mit ihren Kulleraugen und ihrem dicken Bauch, den sie überall spazieren führt. Die Hoffnung ist ordentlich auf Trab, mit aufgeknöpftem Hemd streunt sie durch die Gegend. Man trifft die Hoffnung auf der Straße, nur nicht gerade an Bord eines Geländewagens. Die Hoffnung besucht in Schuluniform die Mädchengymnasien und Jungenschulen, die Hoffnung zeigt sich auf den Straßen als Farb- und Energiemix. Hast du an der Geisteswissenschaftlichen Fakultät mal die jungen Leute von ihrem Land reden hören?

»Hach, ist das alles schön, es ist einfach zu schön.«

Hast du den Beitrag des Propheten gehört, der sich als Poetry Slammer verkleidet?

Sie haben eine friedliche Demonstration gegen die NGOs angekündigt und bitten alle in Haiti lebenden Ausländer, die gegen den humanitären Tourismus sind, sich der Bewegung anzuschließen. Erst gestern haben Hunderte Ausländer eine Petition gegen die Einmischungen und die totalitären Ausschweifungen einer Gruppe ausländischer Diplomaten unterzeichnet. Die Hoffnung kann hier geboren werden, sie kann hier unter unseren Zungen entspringen und das immer dürrer werdende Umland bewässern. Die Hoffnung könnte sogar noch ganz anderen Landstrichen das Mund im Wasser zusammenlaufen lassen.

Man wird es der Rose erzählen und die Rose wird es dem Bauer erzählen, dass die Liebe eine Ähre der ungeheuren Ernte des Menschen ist (René Philoctète).

[HOFFNUNGSSCHWANGERES HÜGELLAND]

Längst weiß alle Welt Bescheid. Es wird sich etwas ändern. Neuer Wind wird wehen. Auch wenn niemand genau weiß, wann dieser neue Wind aufkommt. Doch die Situation wird sich ändern. Keine Ahnung, wann es dazu kommt, wann die Minute, wann die Sekunde gekommen sein wird. Endlich einmal fällt die Uhr das Urteil. Alle Zeichen sprechen für sich. Die Wende liegt in der Luft. Sie nähert sich spürbar, die Stunde wird kommen. Die Zeiger der Uhr zittern schon ganz aufgeregt. Es ist bloß noch eine Frage des richtigen Timings. Ein neuer Tag wird anbrechen.

Die Zeit schreitet voran, schreitet voran, Ticktack macht es in den Herzen. Die Hoffnung wird von einem wunderbaren Paar Flügel getragen. Die Hoffnung wispert uns vertraulich zu, schnattert uns etwas von glücklichen Umständen ins Ohr. Die Hoffnung schreit von den Bäumen herab, die Blätter reiben sich, um den Tee aufzugießen, den Tisch für die neue Jahreszeit zu decken.

Die gute Nachricht verbreitet sich und stimmt selbst den letzten Winkel in Städten und Dörfern froh. Sie verbreitet sich von Nord nach Süd, von Ost nach West. Sie versetzt Städter und Städterinnen in Aufregung. Bringt sie an Straßenkreuzungen zum Tanzen. Bringt alle in Schwung, bringt alle dazu, sich endlich anzublicken, miteinander zu reden, das Wort zu ergreifen. Zauberhaft ist das. Weitaus gewichtiger als ein Liebesbrief ist das alles, erfreulicher als eine gute Nachricht. Alle Welt ist sich einig und ruft, »WAS FÜR EIN WUNDER.«

Der Zauber hat sich in diesem Hügelland eingenistet.

Maravia, Halleluja!

Schwalbenhaft erwartet alle Welt das neue Frühjahrstheater. Die neue Menschenzeit. Die Wartezeit ist auf dem Land genauso lang wie in den verbeulten Straßen der Stadt.

Zwei Mücken lieben sich im freien Flug. Wunderbar. Eine echte Vögel-Partie. Alles schön. Alles wundervoll. In Port-Salut ist eine Blüte aufgegangen und der ganze Kosmos ist von Duft erfüllt.

In diesem hügeligen, hoffnungsschwangeren Land ist das »WUNDER« immer gerne gesehen. Ob gutes Wetter, ob schlechtes Wetter, man wartet auf das Wunder, auf das Wunderwerk – das erst noch eintreten muss.

Doch eine gute Nachricht kommt selten allein. Die Verleumdungs- und Sturmlosbrecher stellen sich quer. Sie paktieren mit den Skeptikern, um »zu widersprechen, sich dem Wunder entgegenzustellen«. Sie sind gekommen, um Ungeduldige in ihre Reihen zu locken, die es satthaben, in Farbe zu träumen wie ein Chor von naiven Malern. Sie wollen Stopp! rufen, dem Aufstieg des Wunders Einhalt gebieten. Sie haben mit übler Nachrede begonnen, üben sich in Verleumdung und besudeln die Schöne wie wild.

Als Gegnerin der Wunderwelt schafft es diese kleine Gruppe, das Wunder zum Narren zu halten, es in der einen Nacht als »kleine Weiße« zu behandeln, in der darauffolgenden als »schwarzes Schaf«. Man hat das Wunder als zweihändig vorgehende Hexe eingestuft. Es heißt, diese verwende sozusagen die linke Hand, um Magischen Realismus zu praktizieren, die rechte, um mit toten Autoren Poker an einem sprechenden Tisch zu spielen. Die Schlechtmacher, die Schlechtredner bringen es fertig, die Schöne wie eine Schlampe auf ein Gleis zu führen, das ihrer Mission als Leihmutter guter Nachrichten zuwiderläuft.

Wider Erwarten rufen sie »Was für ein Wunder«, um eine Katastrophe zu benennen ... um Schlagzeilen über Promis zu bringen und außerdem Geprotze und Schrecken zu verbreiten. Die Wunderanhänger schreien auf. Prangern Skandal und haushohe Lüge an. Doch die Verleumdungs- und Sturmlosbrecher sind hartnäckig und behalten das letzte Wort.

Ein Verkehrsunfall auf der Straße nach Léogâne: drei Tote, sechs Verletzte. Was für ein Wunder! Zwei Flugzeuge machen sich wie zwei Mücken davon. Sie knallen in einen New Yorker Wolkenkratzer. Sechstausend Tote. Was für ein Wunder! Ein Geschäftsmann wird bei verbrecherischen Geschäften erwischt. Entführung, Kidnapping. Was für ein Wunder! Eine Brücke stürzt auf die Route Neuf. Was für ein Wunder nochmal! Ein Feuer in einem Hotel in Pétion-Ville. Ein in Flammen aufgegangenes Paar, nackt, bei lebendigem Leibe verbrannt. Was für ein Wunder! Ein junger Mann und eine junge Frau stellen sich ineinander zur Schau, die Geschlechtsteile im Feuer des Begehrens aneinandergeschweißt. Mitten in der Liebestollerei wie Hunde aufeinanderhängend heulen sie um Hilfe. Die Szene spielt sich auf einer Schubkarre ab, in der Ruelle Chavanne, einem Kleine-Leute-Viertel, neuralgischer Punkt der Innenstadt. Angesichts dieser Meldung ist die Menschheit unter Schrecken erwacht. Scheißwunder! Ein Heranwachsender bringt sich in der Ruelle Chrétien um. »Ja, das war ein Zwilling«, kommentieren die Passanten, »sein Bruder, der ihm wie aus dem Gesicht geschnitten war, ist noch am Leben.« Was für ein Wunder! Ein achtzigjähriger Gelehrter sitzt im Grünen, fällt vornüber und verschluckt Pfeife mitsamt Gebiss. Ein Unfall, für den erst noch die richtigen Worte gefunden werden müssen. Bei der Beerdigung ist niemand in der Lage zu sagen, ob er noch ins Gras gebissen hat. Was für ein Wunder! Auf dem großen Markt von Croix-des-Bouquets verweigert sich ein Zicklein dem Kauf, indem es lächelnd einen Goldzahn bleckt. Ein eher seltenes Vorkommnis im sonst überschaubaren Ziegen-Zirkel. Schaulustige eilen herbei. Allgemeine Hysterie. Die Polizei kommt dem süßen Zicklein zur Hilfe. Der Besitzer des Tiers kündigt ein Verfahren an, das von einer ganzen Reihe Anwälte Unterstützung finden wird. Was für ein Wunder!

[KURZ VOR DEM SIEG]

Längst weiß alle Welt, dass eines Tages ein neuer Wind wehen wird. Auch wenn niemand weiß, in welcher Sekunde, in welcher Minute. Es ist eine Frage der Uhrzeit.

Noch ungewisser ist, wann die Sekunde gekommen sein wird. Doch eins ist sicher: Es wird nicht lange dauern, schon weht frischer Wind in diesem Land. So greifbar ist die gute Neuigkeit über den Hoffnungswind, dass die Fahrgäste in den Kastenwagen davon reden und die Pistazienhändlerinnen am Wegesrand stehen bleiben, um sich darüber zu unterhalten. Die Prediger und die Wahrsager sind sich endlich einmal einig und behaupten, das Land stehe kurz vor dem Sieg. Alle Welt weiß, dass dieses Land ein Hügelland ist, dass es ganz angeschwollen, ja schwanger ist.

Ein neuer Traum wird eben hier anbrechen und das Leben auf dem blauen Planeten retten. Auf diesem Planeten, der sich so sehr irrt und nicht ablässt von diesem hochriskanten Russischen Roulette, dem gefährlichen Triggerspiel! Ein Nest, ein Loch, Menschen, die für nichts und wieder nichts sterben wie Wildenten. In den Videospielen sterben und gehen sie in Zeitlupe zu Boden. Völker sind Jo-Jos in den Händen verzogener Kinder, denen der Hebel zu leicht in der Hand liegt, die mir nichts, dir nichts auf den Abzug drücken. Wie Soldaten, die sich damit vergnügen, auf Insekten zu schießen. Die hiesigen Politiker sind Korinthenkacker. Sie lassen ganze Viertel in den Abgrund stürzen. Monde versinken im trüben Spiel der Finsternis, und das nennt man dann Arabischen Frühling. In einem ovalen Büro drückt eine Hand auf einen Knopf. Eine Blutlache am anderen Ende des Ozeans, und das nennt man dann sauberen Krieg. Ein Knopfdruck genügt, ein Kreuz genügt. Nicht für den Heiligen Krieg, sondern für den lautlosen Tod, für den keimlosen Krieg. Für den Bio-Krieg.

Kein Mensch kann die Sekunde bestimmen, keine Menschenseele in dieser Stadt kriegt es hin, ein Sterbenswörtchen über diese Kerzeninsel zu sagen, die es eines Abends noch zum ewigen Lichtlein bringt.

[GRENZENLOS]

Amore hat sich vor unserem Aufbruch darum bemüht, mir in aller Ausführlichkeit den genauen Reiseverlauf darzulegen und mir Begriffe und Vorsichtsmaßnahmen einzubläuen, damit ich bloß nicht von den Zollbeamten eingeschüchtert werde, die bei ihren Kontrollen mal eindringlich, mal handfest vorgehen, mal dem Reisenden körperlich zu nahe kommen. Vor allem dann, wenn dieser so unvorsichtig ist, aus einem Land zu kommen, dessen Name an nichts erinnert, weder an den Planeten Mars, noch an den Mond, noch an die Erde. Wenn alle Papiere in Ordnung sind, könnte man, sobald man die Grenze überquert, trotzdem der Majestätsbeleidigung schuldig sein.

Amore ging äußerst methodisch vor. Kam mit der immer selben Leier, beharrte darauf, dass Flüge, vor allem Langstreckenflüge, heutzutage eher eine Qual als eine Freude sind.

Die Warteschlange im Flughafen Toussaint-Louverture gab mir schon mal einen Vorgeschmack, obwohl ich die endlose Warterei auf die Schockwelle schob, auf die Zeiten der Cholera und dieser anderen Chose.

Wortreich erläuterte mir Amore den Abenteuerverlauf. Dabei war sie so ungeheuer ausgefeilt, dass ich während der großen

Reise mitunter den Eindruck hatte zu träumen. Ich hatte das Gefühl, dass ich auf dem Umweg über eine externe Erinnerung träumte, die in Amores breiter Stirn zwischen den Anführungsstrichen ihrer regelmäßigen, aber willensstarken Augenbrauenbögen Gestalt angenommen hatte.

Erst Paris, natürlich im Transit, dann erreichen wir Rom, das uns in sein Innerstes aufnimmt. Flughafen Leonardo da Vinci. Als handele es sich um eine Katechismus-Lektion, ließ ich Paris, die in tausenden Lichtern flammende Stadt, die aufreizende Lichterstadt, noch einmal aufleben. Wir landeten in Orly. War das Süd-Orly oder West-Orly? Ich habe keinen blassen Schimmer mehr. Die Beamten hatten meinen fast jungfräulichen Pass unter die Lupe genommen. Beruf? Überlebender, sagte ich ohne Furcht. Wenn man ein Drama überlebt hat, wird man aus dem Leben doch einen Beruf machen können, verdammt nochmal! Mal ganz im Ernst: Das Leben ist doch das älteste Gewerbe der Welt!

Welches der zwei Orlys war das nochmal? Keine Ahnung, wieso ich so vergesslich bin, doch wie auch immer, es ist ja völlig egal. Ich sollte lieber erwähnen, dass man mich durchgelassen hat. Mit einem grenzenlosen Lächeln setzte ich meinen Weg an Amores Seite fort.

[NEUER ATEM]

Ich habe Amore in den Armen. So feiern wir sieben Jahre Geschichte. Wie schnell die Zeit vergeht! In die Falle der Kalenderrückseiten gegangen, schlagen unsere Herzen wie eine Assôtor-Trommel*. Unsere Liebe, dieses Lendenspiel, dieser lachende Zufalls-Wurf, hat sich nun sieben Jahre lang entfaltet.

Ein Jo-Jo in dieser Stadt, in der man nichts anderes tut als hinauf- und hinabzulaufen, so fliegen unsere Schatten wie Sternschnuppen dahin. Hinauf nach Boutillier, um Blumen mit tausendundeinem Stachel zu pflücken, Bougainvilleas ein-

* Die größte der in Voodoo-Zeremonien verwendeten Trommeln.

zusammeln und daraus Kronen für den König und die Königin des Schwindels zu flechten. Die Stadt ändert sich und verändert uns mit sich. Die Stadt dreht sich wie eine Ballerina, wie ein Regenschirm, wie ein durchgedrehter Kreisel, als wolle sie sich entkleiden, sich ihres Wirbelschals entledigen.

Die Stadt wechselt ihre Meinung, ihre Laune, das Wetter, ihr Parfum, ihren Slip, ihre Shorts, was weiß ich. Wer kann sich schon damit rühmen, das wahre Geschlecht von Port-au-Prince zu kennen? Ein rundes bodenloses Loch.

Die Stadt kümmert sich nicht um das Wetter, wie sie sich auch um die Sterne nicht kümmert, Schluss mit der Zeit, in der uns die Sonne bis runter auf die Erde grüßte, »Guten Tag, Kamerad, Guten Tag, Kameradin«*. Die Sonne regiert sowieso nicht mehr, der Unglückspapa hat sie offenen Munds stehenlassen, wie einen verblüfften Schmetterling, wie einen Schmetterling ohne Hemd und Hose, der nichts als müde lächeln kann.

In den zerbeulten Straßen der Stadt wird aus mieser Laune im Handumdrehen irres Gelächter. Port-au-Prince ist eine bipolare Stadt. Eine bipolare Stadt, die alle Zweibeiner dazu einlädt, wie sie selbst ein bipolares Leben zu leben. Port-au-Prince, diese Stadt, in der man lebt, Aufführung und Auffangort von Welten, schwarzen Löchern, Regenbögen, sie lebt so schnell, dass alles ins Vergessen fällt. Selbst ich werde ganz vergesslich. Manchmal vergesse ich sogar den Namen der Stadt.

Amore in meinen Armen. Sieben Jahre Koitus, das sind sieben Jahre Geschichte in Großbuchstaben. Wir feiern viel und trinken viel, nicht nur, um Spaß zu haben, sondern auch, um auf der Stelle zu reisen und manchmal um zu vergessen. Wir trinken, um frei zu sein, den Harnweg zu säubern, um schamlos in alle Ecken und Winkel der Stadt zu pissen. Das Vergessen ist das Einzige, was sich im Nachtschwärmergedächtnis aufzulösen vermag. Ein Funke genügt, um tausenderlei Traurigkeiten wettzumachen, denn sieben Jahre währen länger als ein Funke, das macht nicht weniger als sieben Kerzen. Für Amore macht es sogar einen ganzen zum Anschneiden fertigen Kuchen her.

* Anspielung auf den Roman *Compère Général Soleil* von Jacques Stephen Alexis.

Vom ersten Augenblick dieser Geschichte an haben wir uns selbst übertroffen, trotz Sturm und Enttäuschungsflut. Wir haben alles so sehr verdrängt, dass wir uns jetzt sogar beim Feiern ertappen. Wo auch immer ertappen wir uns beim Vögeln, so sehr vergessen wir. Jede Nacht ertappen wir uns beim Tanzen, so sehr vergessen wir. Am liebsten gibt's gleich Kompa Mamba. Wir ertappen uns beim Tanzen und Träumen und träumen vom Tanzen wie sich niemals schneidende Städte im Sturm.

Der Sänger Coupé Cloué ist Vater einer geometrisch unverrückbaren Kompa, die sich Kompa Mamba nennt. Eine Musik, zu der man in einem dunklen Zimmer tanzt, so dass die Schatten sich zu festen Körpern im freien Fall wandeln; saftige, im Dunkel schwebende Körper. Unter dem Einfluss der Kompa schreiten die Körper wie in Packpapier eingewickelt dahin, um sich dann in Liebesakten, im stehenden Akt, in wildesten Akten zu offenbaren. Eine im Dunklen ausgeführte Stilübung.

Kein Vergleich zwischen Liebe und dieser verflixt satanischen Kompa. Ein Rhythmus, der einen nicht mehr loslässt, ein Rhythmus für jede Wellenlänge. Das Wichtigste ist der Schritt, mit dem der Takt angegeben, das Maß gehalten und das Gesicht gewahrt wird wie in einem chinesischen Schattenspiel. Es genügt, sich zu umarmen und sacht die Augen im Dunkeln zu schließen. Der Tanz lässt wirklich nicht los, wie umarmende Reime, bisweilen auch wie ein Hund und eine läufige Hündin in mondloser Nacht. Die Mamba ist die Erdnussbutter, Pistazienbrei oder -mus, es klebt, mein Gott, das klebt vielleicht! Und die Körper im Dunkeln lassen sich völlig ungezwungen gehen. Geben sich hin, fließen dahin, gleiten in den Lebenskulissen dahin. Um zum Hof hin zu fliehen, zu gleiten, um zum Garten hin zu gleiten, zu fliehen. Um sich fahren zu lassen, kommen zu lassen, völlig hemmungslos. Ab in die verbotenen Zonen. In die rechtsfreien Zonen. Hände werden ausgestreckt, verbiegen sich, werden zu Brücken, unter denen sich der Kopf der Tanzpartnerin hindurchschiebt, hindurchdenkt. Hände drehen sich um sich selbst und die Tanzpartnerin dient dem Gleichgewicht des am Rande des Nirwanas strauchelnden Prinzen als Brüstung.

Dann umarmen sich die Körper erneut in drei Takten, drei Bewegungen, haften im Nu aneinander, reiben sich aneinander. Sie heften aneinander, umarmen einander und reiben sich aneinander, bis sie Feuer fangen. So kommt Licht ins Geheimnis der dunklen Kammern. Feuerwerk über Körpern, Feuerwerk über erogenen Inseln, die den Tanz als schnellstmöglichen Weg zur Liebe wählen. Der Tanz als Abkürzung, der einen bisweilen drehend dem Sex in die Arme drängt. Spotlights auf sich unablässig bewegende Körper! Spotlights auf in Trance gefallene Betten, die sich in ein wahres Liebesbeben verwandelt haben! Hoch leben die Körper, die punktgenau mit der klangvollen Entladung von König Coupé zu Boden gehen!

Unter dem Einfluss der Kompa wirken die Körper wie eingewickelt. Die Kompa Mamba von König Coupé ist eine Himmelsbrot-Musik, ein Riesengeschenk. Der glatzköpfige Schlager-Sonnenkönig Coupé Cloué glänzt, bringt die Luft wie eine Naturgewalt zum Beben. Am ersten Tag, an dem ich Amore diesen Tanz beibrachte, war sie wie vom Schlag getroffen, ohne Frage hatte sie ein Kulturschock gepackt. Das ist vielleicht eine Musik, die Komba Mamba, sie setzt sich fest, und wenn sie sich erstmal an dich geheftet hat, ist es mit dem Abheben aus. Augen zu und durch, die Reise mit Hienieden-Airlines wird tragbarer, verborgen unter den sinnlichen Wolken des Geists. Immer noch surfen Amore und ich auf der Schockwelle des ersten Mals dahin. Musik und allerhimmlischster schwarzer Vorhang für Maestro Coupé Cloué!

Port-au-Prince, meine zerbeulte, bipolare Stadt, ist vor allem ein Riesengeschenk. In dieser Stadt vergisst man alles. Das Vergessen ist die zweite Haut dieser alten Stadt-Schlange Port-au-Prince. Das Vergessen löst sich in jeder Wasserlache auf, in jedem Blutstropfen, im Rotwein, mit dem in den schicken Restaurants von Pétion-Ville in edlen Gläsern angestoßen wird, ganz hoch oben über der Stadt. »Auf dein Wohl, auf dein Wohl ...«

Sie läuft durch die Stadt, wie man durch einen Traum läuft. Amores Art zu gehen gleicht einem sinnlichen Tanz, der nicht weiß, ob er seinen Zweck erfüllt oder eben nur Tanz ist. Ein irrwitziger, gefahrvoller Gang. Das liegt nicht nur an ihren schamlos schwingenden Hüften oder der festen, runden Persönlichkeit ihres Hinterns. Es liegt auch daran, dass Leben für Amore Gehen bedeutet, wenn auch nicht im ganz großen Stil, obwohl sie zu laufen gelernt hat wie die Musen von einst. Über so lange Zeit hat sie gelernt, sich in Bewegung zu setzen, dass ihr Körper wie ein Pfeil durch die Zeit schießt und wie selbstverständlich kilometerweise Zufälle überfliegt.

Aber lassen wir dieses Hohelied und wenden uns lieber dem Beten zu. Ich spazierte einmal mit Amore herum, die Via Frangipane entlang, wo sich ihre Einzimmerwohnung mit dem von Blumen und Kletterpflanzen überwucherten Balkon befindet. Amore fällt nichts Besseres ein, als nach meiner Hand zu greifen und meine Finger auseinander zu biegen, um deren Zeichen und Linien unter die Lupe zu nehmen. »Ich weiß, was deine Hand gerade sagt.« Sie wartet meine Reaktion nicht weiter ab und schiebt meine Hand in ihren Slip. Eine warme Welt. Eine brodelnde Welt. Ich hätte gut und gerne rot anlaufen können, wäre ich kein Tropentier. Dass mein Leben in der Via Frangipane so einfach in Brand zu setzen war, nur weil sie mit der Hand so direkt zur Sache ging, hätte ich aber nicht gedacht. Wir liefen Seite an Seite, Amore hatte meine Hand glücklich in ihrem Slip eingelocht. Ich schwamm im Glück, ging aber gleichzeitig unter vor Scham. »Das ist das erste Mal, dass ich dich in verwirrtem Zustand sehe, Coco, mein Lieber«, bemerkt Amore und läuft unbeirrt weiter. Ich hingegen bin wie ein Roboter, wie ein echter Zombie unterwegs. Ich erkläre Amore, ich würde gerne den Mond berühren, wenn auch nur kurz, dabei aber weder von Passanten, noch von diesen ganzen Statuen beobachtet werden wollen, die alle ihr Geschlecht hinter Weinblättern verstecken, damit ihr Begehren, ihre jahrhunderte- und jahrtausendealte Dauererektion nicht zum Vorschein kommt. Dann erkläre ich Amore, dass solche Dinge in der Regel hinter verschlossenen Türen stattfinden. Sie erwidert, dass sie als Frau kein schwaches Geschlecht kennt und es sie ganz heiß macht, dass ich so verweibliche. Ihr Körper steht völlig unter Spannung, wenn er sich so an meinem Kulturschock reibt. Ich sage, es reicht, die Polizei wird uns noch wegen unsittlichen Verhaltens verhaften.

»Soll sie doch. Dann können die mal so richtig was erleben. Ich werde der Polizei sagen, dass das ein Test ist, eine Gewissensprüfung, der ich dich gerade unterziehe, um zu sehen, ob du verrückt bist oder mir was vormachst und dich nur vor deiner Verantwortung drückst.«

So läuft sie die ganze Via Frangipane hinunter, mit meiner in ihrem Seinsfieber aufgeheizten Hand. Wie hypnotisiert, roboterhaft und von ihrem Geschlecht angestachelt, lief ich neben Amore her.

Wenn ich an diesen Abstecher von damals zurückdenke, bin ich immer fest davon überzeugt, dass die Polizei von Rom uns nur aus purem Zufall nicht direkt bei der Libertinage erwischt hat. Amore hatte beschlossen, mich unter der Bedingung aus der Haft zu entlassen, dass ich ihrem Mond einen Namen gab. »Seit die Menschen nicht mehr zum Himmel hochblicken, sind sie nicht mehr in der Lage, die Dinge zu benennen.«

»Welchen Namen würdest du meinem Mond geben?«

»Ich bin doch nicht Juri Gagarin.«

»Gut, dann bleibt deine Hand eben länger in Haft.«

»Mandela war an die dreißig Jahre in Haft.«

»Ich mag es nicht, wenn du so apart vom Thema ablenkst.«

»Du behauptest doch, ich würde in Schwarzweiß reden.«

»Okay, genug ist genug, her mit dem Namen für meinen Mond.«

»Der schönste Mondname kann nur Mond sein. Wenn wir jetzt nach Hause gehen, kann ich darüber in meinen Zungen zu dir sprechen.«

»Du weißt genau, wie man mit einem Mandelschnittenraubtierweib spricht.«

Amore lässt mich los und läuft wie auf einer Wolke vor mir her. Sie hat es nicht nötig, Stöckelschuhe zu tragen, aus ihrem

Gang spricht auch so eine erhabene, leuchtende Seele, eine über die Menge, die die ewige Stadt durchquert, erhabene Schönheit.

[HIRNFLUCHT]

Einiges hat sich in meinem Leben geändert, und diese Entwicklung fällt mit einer Art innerem Frieden zusammen. Mit einer Bleibe, in der man überhaupt jemand sein kann, die verhindert, dass man zu Abschaum wird, irgendwo auf einem Gelände zwischen dem ganzen Jahrhundertmüll abgeladen wird. Meine Gewohnheiten haben sich verfestigt, ich gehe jeden Morgen zum Kaffeetrinken hinunter, nehme mehrere Löffel Zucker, um meinen Existenzproblemen die nötige Süße zu verpassen. Meine neue Menschlichkeit, meine Induktion all'italiana, wie mein Psychologe sagte, habe ich Amore zu verdanken. Bisweilen verliere ich mich in der Fragerei und grübele darüber nach, was sie wohl dazu bewogen haben mag, mich aus der Tiefe des Abgrunds zu holen. Ich suche, schaue mich um, taste vor mich hin, doch kein Hinweis weit und breit. Hat mich Amore aus purem Wahnsinn oder einfach nur aus Liebe gerettet? Sie, die selber eine Verrücktheit, eine schöne dahinirrende Verrücktheit ist? Sie wählt und bezahlt die Irrenanstalt, die mich aufnimmt und wo ich noch nie so viele Verrückte pro Quadratmeter gesehen habe. Unter einem anderen Blickwinkel betrachtet könnte man behaupten, der Irrsinn in Person, den Amore verkörpert, trage zur Beschleunigung meiner Hirnflucht bei. Ich bin bereit, meine Aufzeichnungen für eine Express-Rückkehr ins Land meiner Geburt zu zerreißen.*

[DER VERLORENE SOHN]

Auf dem Flughafen werden die Reisenden von Musik eingefangen, umhüllt. Ein Schwarm Musiker, eine Truppe Troubadoure gibt mit Schmackes Kompositionen von Tabou Combo wieder, einer

* Anspielung auf Aimé Césaires *Cahier d'un retour au pays natal.*

Musikgruppe, die in den achtziger Jahren das gesamte *Zenith* in Paris auf Kompa brachte.

Trotz der musikalischen Hitze, die auf dem Flughafen herrscht und sich dir an die Haut heftet, ist mir die seit Ewigkeiten verdrängte Sehnsucht als Trevi-Brunnen unter den Augenlidern hervorgesprudelt. Ich habe geheult wie in den Armen einer lang vermissten Mutter: Der verlorene Sohn ist zurück.

Jetzt gewinnt das Musikstück an Schwere und wird wirklich unglaublich gut gespielt. Dem Sänger sitzt ein irres Lächeln in den Augen, er hat eine gewisse Ähnlichkeit mit Ti-Coca, dem Sänger von Wanga Nègès. Wie eine hypnotische Schlange arbeitet er sich voran, schlingt sich gewissermaßen um die Körper der Hinzugekommenen. Er hat eine so irre Stimme, dass man sich aufs Rollfeld fallen lassen und darauf herumwälzen könnte. Er lachte singend und sang lachend. Seine Augen flirrten, liefen über und steckten mit ihrer Freude an.

[ROM, DIE BRUNNENSTADT]

Man braucht Zeit und Liebe, um mit einer Stadt in Beziehung zu treten, bebend im Durcheinander ihres Asphalts zu landen. Für einen reisenden Körper wirkt jede Landung wie ein Beben. Ob erzwungen oder nicht, es braucht Demut, Zeit und tausend Vorkehrungen, bevor man wirklich richtig in eine Stadt eintaucht. Vor allem, wenn diese Stadt Rom heißt und von oben bis unten vor sich hin tibert. Rom ist eine Springbrunnenfrau, eine schöne Springbrunnenfrau, die sich nicht lange bitten lässt, um getrunken zu werden. Heiße Städte, die sich auf diese Weise anbieten, sind selten, heiße Städte, die sich so offen im Sommerkleid und mitsamt Springbrunnen- und Wasserstrahlexplosionen anbieten, sind wirklich selten. In seiner ganzen Heiligkeit ist Rom im August ganz sprudelig, verlockend, feucht. Trotz aller Heiligkeit ist Rom gar nicht so katholisch. Man muss verdammt nochmal mit allen Wassern gewaschen sein, um sich derartig unter Wasserstrahlen, trotz aller Kirchenmacht und der vielen marmorharten Tradition befreien zu können, um die Lenden wie eine Karnevalskönigin, wie eine aufgedrehte Irre schwingen zu können; es braucht wirklich eine ziemliche Dosis, um nicht zu sagen Überdosis Freizügigkeit. Ihr Kleingläubigen seht doch unterm Kleid von Rom nur rot, versteht doch keinen Tropfen mehr. Rom ist eine befreite Frau, ein ewig hervorschießender Strom. Ich kann's kaum erwarten, sie eines Tages nach Pap, nach Port-au-Prince mitzunehmen, in die Stadt meiner Verwerfungen, meiner Abkürzungen, meines Dursts, meiner erahnbaren Schmetterlinge. Habt ihr schonmal der Begegnung zweier Städte beigewohnt, ihr Kleingläubigen? Rom ist eine Springbrunnenfrau. Man stirbt nicht an Durst in Rom. Pap ist eine Guédé-Stadt. Im Voodoo stellen die Guédés die Gaunergeister dar, ja, sie sind direkt vom Tod gesandt, doch sie geben dem Leben und dem Sex die richtige Würze. Pap hätte sich Rom zu Füßen geworfen, um ihr ehrfürchtig die Zehen und die Knie zu küssen, und hätte dann ganz überraschend Hand an ihre gut versteckte Eitelkeit gelegt. Der Westen mit seinen großen, verwundert blauen Augen hätte die Szene wohl die Plünderung Roms genannt.

[ATEM SCHÖPFEN]

Sieben Kerzen in den Tropen. Amore pustet sie über dem Kuchen aus.

»Wollen wir heute Abend Kompa Mamba tanzen, Liebste?«, frage ich.

»Du stellst mir vielleicht eine knifflige Frage«, erwidert Amore eigensinnig.

»Welchen Teil des Kuchens hättest du gerne für diese sieben Jahre?«

»Vergiss nicht, dass das auch die sieben Jahre nach dem Erdbeben sind«, fügt sie nachdenklich hinzu. »Lass uns zusammen die Welt neu erfinden. Wieso nicht mit einem Kind anfangen?«, fällt sie anschließend mit der Tür ins Haus.

»Ist denn jetzt die richtige Zeit dafür, steht der Mond richtig?«, erwidere ich.

Und rede auf Amore ein.

»Sieh mal, der ganze südliche Zipfel des Landes steckt gerade im Auge des Zyklons. Der Sturm hat Port-Salut erfasst. Der Sturm hat Kopf oder Zahl mit Dame-Marie gespielt, ist über Les Anglais hergefallen. Das Unwetter hat sich mit unheilvollen Elementen verbündet, um Les Couteaux niederzumachen und die Bewohner von Port-à-Piment aufzuscheuchen, bis sie Schutz in Höhlen gesucht haben. Der Sturm hat in mehreren Dörfern und Städten in Grande Anse die Kerze ausgepustet, hat das heitere Licht in Jérémie, der sogenannten Dichterstadt, ausgelöscht.«

»Alte Liebe muss neuen Atem schöpfen. Ich will ein Kind machen, Sturm hin oder her.«

Es ist das erste Mal, dass mich Amore wie ein Zyklop ansieht. Auf ihrer Stirn dreht sich, indigofarben, ein echtes Zyklopenauge.

»Die Liebe hat es nicht nötig, sieben Jahre zu warten, bis sie neuen Atem einfordern darf«, ermahnt mich Amore kleinlaut, mit fast erdrosselter Stimme.

»Du sprichst Gold, doch man gebiert nicht durch den Mund, meine Schöne.«

Amore blickt mich an, ganz recycelter Zyklon, das indigofarbene Auge verdreht die Augen als drehe sich die Welt. Eine wunderschöne Amore ist gerade dabei, sich zu verwandeln.

Überall Verwüstung, Verfall, Verheerung. Im Süden des Landes, wo der Orkan Matthew hinübergezogen ist. Wer hätte das gedacht, dass weniger als sieben Jahre nach der Weltuntergangs-Lautmalerei, dem *Goudougoudou* in Port-au-Prince, ein Orkan die Kerze auspusten würde, die die zarte Landvolkseele am Leben hält.

Sieben Jahre ist es her, dass Port-au-Prince in teuflischem Takt gehottet, herumgewirbelt, herumgetollt ist. Sieben Jahre ist es her, dass Port-au-Prince ganz im Westen lag, und nun verliert der Süden die Nordung. Der große Süden ist die Kornkammer des Landes. Die Sterne sind allesamt abgehängt, den Vögeln steht die erneute Rückkehr bevor. Die Bevölkerung steht atemlos, saftlos, fassungslos im Wind. Der fiese Wind hat die Berge noch kahler werden lassen. Die Berge jenseits der Berge täuschen nicht einmal der Form halber Grün vor, kein Halm steht mehr, der die Zicklein oder Pferde des Kaisers beglücken könnte. Die Häuser mit den

Stroh-, Vetiver- und Blechdächern werden von Wind und Wogen davongetragen. Die Leben tanzen, wirbeln, schweben wie Korken in den Windungen des Todes dahin. Das Vieh ist auf und davon. Die Katastrophe kennt keine Grenzen mehr. Das Meer tritt über die Ufer, steigt an. Das Meer kriecht bis an die Lippen der rosaroten Fischlein hoch, die die Menschenfamilien wie in einem umgekippten Aquarium dahinrinnen sehen. Die Fischer stehen bis zum Hals im Netz des Orkans.

Nun schreiben uns auch die Freunde. Freunde aus aller Welt denken an uns, schreiben uns von überall her. Das tut gut.

Wir machen uns Sorgen um Euch, bitte meldet euch.

Uns geht es gut, weil wir nicht im Süden leben.

So lautet die Antwort auf den Tsunami an Fragen, die von überall her eintreffen, wie damals, als die Erde Seelen aufrauchte, als handele es sich um einen Riesenjoint, sie aufrollte in Notenpapier. Als wäre weiter nichts, schossen die Schreie in mehreren Oktaven in den Kosmos hoch.

Es geht uns gut.
Oder wie man in solchen Momenten zu sagen pflegt:
Wir gedeihen ganz wundervoll.

Blitzschnell ist der Himmel leergefegt, die Vögel werden nicht lange auf sich warten lassen, sondern mit voller Macht zurückkehren.

JAMES NOËL bei Litradukt

Die größte der Raubkatzen. Ausgewählte Gedichte/
Le plus grand des félins. Poèmes choisis
(zweisprachige Ausgabe)

Dieser von Rike Bolte übertragene Gedichtband birgt Hymnen auf die Schönheit, erstaunliche – schwankende, fröstelnde, parodische – Notizen eines Flaneurs der nomadischen Globalisierung. Dazu kommen intime Diatriben sowie prophetische Wortgefechte gegen Mauern und andere Skandale der Unfreiheit.
Die für die erste deutschsprachige Veröffentlichung Noëls zusammengestellten Gedichte und Prosapoem-Fragmente haben viele Gesichter. Es ist darin die Rede vom Großen Bären, der im »irren Firmament« über der Stadt haust, vom »Hintern Gottes«, an dem sich aus Müll erbaute Wolkenkratzer versuchen, vom »Zeugenauge des Zyklons« und anderen katastrophalen Ansichten. Und nicht zuletzt blitzt aus diesem Gedichtband das Antlitz des Löwen hervor.

89 S., Softcover, 10,00€
ISBN: 978-3-940435-25-5

»James Noël ist die nächste gute Nachricht aus einem Land, das aus ›bissigen Rissen erdichtet‹ ist und dessen stupender literarischer Reichtum immer wieder erstaunt.«
Süddeutsche Zeitung

Mehr Informationen und Leseproben auf unserer Website

LITRADUKT.de